蓦然回首

一个记者眼中的本溪十年

王重旭◎著

一晃，一个十年过去了
我们期待着下一个十年
一个让本溪更美好
让本溪人更幸福、更快乐的十年……

北京燕山出版社

图书在版编目（ＣＩＰ）数据

蓦然回首：一个记者眼中的本溪十年 / 王重旭著 . — 北京：
北京燕山出版社，2023.3

ISBN 978-7-5402-6840-4

Ⅰ . ①蓦… Ⅱ . ①王… Ⅲ . ①报告文学－中国－当代
Ⅳ . ① I25

中国国家版本馆 CIP 数据核字（2023）第 034631 号

蓦然回首：一个记者眼中的本溪十年

著　　者：王重旭
责任编辑：王月佳
出版发行：北京燕山出版社有限公司
社　　址：北京市西城区椿树街道琉璃厂西街 20 号
电　　话：010-65240430（总编室）
印　　刷：廊坊市海涛印刷有限公司
开　　本：710mm×1000mm　1/16
字　　数：188 千字
印　　张：12
版　　次：2023 年 3 月第 1 版
印　　次：2023 年 3 月第 1 次印刷
定　　价：58.00 元

CONTENTS

目 录

序　章　俱怀逸兴壮思飞

梦想，是来自宇宙的礼物。

——荷马

我喜欢一首歌，歌名叫《我把我唱给你听》，这首歌听起来让人感觉亲切、优美，令人陶醉。

> 想把我唱给你听
>
> 趁现在年少如花
>
> 花儿尽情地开吧
>
> 装点你的岁月我的枝桠
>
> 谁能够代替你呢
>
> 趁年轻尽情地爱吧
>
> 最最亲爱的人啊
>
> 路途遥远我们在一起吧
>
> 我把我唱给你听
>
> 把你纯真无邪的笑容给我吧
>
> 我们应该有快乐的 幸福的 晴朗的时光
>
> 我把我唱给你听
>
> 用我炙热的感情感动你好吗
>
> 岁月是值得怀念的 留恋的
>
> ……

人们把百年作为一个世纪，把 10 年作为一个年代。

曾几何时，迈入 21 世纪大门的喜悦尚未消散，转瞬之间，过去了一个 10 年，又过去了一个 10 年。

我至今还清楚地记得，在 2000 年即将到来的时候，全国上下甚至整个世界都在为 21 世纪的到来做精心的准备，我所在的报纸也在紧锣密鼓地筹划着鼓舞人心和具有新时代意义的版面。

那天，我收到一位作家朋友发来的一篇稿子。他写道，其实，21 世纪的第一天和 20 世纪的最后一天，本没有什么区别，太阳照样升起，月亮照样落下，就像今天和昨天一样。但是，如果人们把 20 世纪这过去的 100 年联系起来看，人类历史真的是发生了翻天覆地的变化，甚至惊心动魄。

人们喜欢展望未来，人们也喜欢回顾过去。但这种展望和回顾，往往都要找一个时间的节点。比如，中国共产党建党 100 周年，这是一个重要的历史节点，我们不仅要隆重庆祝，还要回顾和总结；比如，中华人民共和国成立 100 周年，这也是一个重要的时间节点，虽然还没有到来，但我们却要展望。展望的目的，就是到新中国成立 100 周年的时候，我们要实现一个什么样的目标。

10 年前，本溪市委宣传部邀请著名军旅作家张正隆撰写一本全面反映本溪历史和现实的长篇报告文学，并指定我陪同采访。将近半年的时间，我陪同张正隆从工厂到学校，从城市到乡村，走遍本溪的山山水水。

采访的时候，张正隆对我说：“这是我这辈子碰上的最难写的一本书。”是啊，本溪这座城市的历史，如果从庙后山人算起，有 50 万年的历史。如果从本溪解放算起，也有近 80 年的历史。且不说时间的跨度，单就主题如何提炼，就让人很伤脑筋。

后来他把稿子给我的时候，我吃了一惊，因为光那个《人望幸福》的书名就让我眼前一亮。张正隆在《人望幸福》的后记中写道：“写作本书，我总忘不了当年欢庆东北暨本溪解放大会搭的那彩门横幅上的 12 个大字：‘建设民主自由幸福的新本溪。’众人幸福才是城市的幸福，幸福之树需要稳定的根。这根是人民、国家的和平、和谐和稳定。”

张正隆写道：“‘人望幸福树望春’，想到这句话，就觉得有了抓手。一代代的闯关东人和他们的后人，在这方水土奔波、忙碌，为的什么呢？这是一个放之四海而皆准的主题，古今中外各色人等永恒的主题。近两年两会上党和国家领导人强调‘幸福’，今年中秋、国庆两节央视记者见人就问‘你幸福吗？’——幸福原本是人与生俱来的向往和追求。”

是啊，《人望幸福》这个书名起得真好，他把人们对幸福的追求作为那本书的主题，用追求幸福把本溪的历史串联起来。

其实，人望幸福何止是本溪呢，一代一代的中国老百姓，他们最大的心愿就是幸福，对幸福的追求就是他们最大的梦想和生活的动力。

其实，远的不说，仅这 10 年来，本溪市委市政府始终把本溪人民的幸福放在第一位，"民之所忧，我必念之；民之所盼，我必行之"，想老百姓之所想，急老百姓之所急。

如果再具体一点说，老百姓所期盼的幸福，其实很简单，无非就是吃得放心一点、喝得干净一点、玩得快乐一点、空气新鲜一点、工作稳定一点、出行安全一点，这 10 年来的所言所想、所作所为，无非都是紧紧围绕着老百姓所希望的每个"一点点"，他们锚定的"生态立市、产业强市、人才兴市、惠民富市"的发展战略，确立的"实力本溪、活力本溪、美丽本溪、平安本溪、幸福本溪"的奋斗目标，全都是要让本溪的老百姓有更多的获得感、幸福感、安全感！

"不识庐山真面目，只缘身在此山中。"我们天天和本溪在一起，对本溪的变化感觉不是那么敏感了，但如果你离开 10 年再回来看看本溪，那就大不一样了。

今日的我已不是昨日的我，今日的本溪也不是昨日的本溪。10 年时光，说长不长，说短不短，对有着 8400 多平方公里、140 多万人口的本溪来说，10 年间发生的变化和故事，何止千千万万、万万千千。一部小书，实难备述，只能择其要而记之。

本溪 10 年故事，让我来说给你听……

第一章　敢教日月换新天

梦想无论怎样模糊，
总潜伏在我们心底，
使我们的心境永远得不到宁静，
直到这些梦想成为事实才止。
像种子在地下一样，
一定要萌芽滋长，
伸出地面来，寻找阳光。

——林语堂《论梦想》

1. 美丽的蜕变

如果有人问你，一年有多少天？你会笑话提问的人，这么小儿科的问题，连三岁孩子都知道一年 365 天。可是，如果有人再问你，一年有多少好天气？你会不会张口结舌？

好天气的数量是衡量一个城市空气质量的尺子。也就是从那时开始，我学会了一个词：PM2.5。什么叫"PM2.5"？科学术语太复杂，也难懂，其实说白了就是空气中含有有毒的细微颗粒，如果直径在 2.5 微米以下，对人的危害就较大，因为颗粒越小，越容易被我们吸入。浓度越高，所含颗粒就越多，不光视线受影响，吸入肺部的有毒颗粒也就越多。想想看，希望健康、希望长寿的美好愿望，还能实现吗？

当年大学毕业的时候，我被分配到了本溪，有人曾以"怜悯"的目光看我，怎么去了本溪？那里的空气污染多严重啊。可是，正应了那句老话，三十年河东，三十年河西。现在，我倒有些"怜悯"起他们来了。当然，从全国来看，我国的空气质量还是一直在变好的。

据《本溪日报》报道：2021 年本溪市全年空气质量优良天数达 343 天，优良率为 94%。而 2021 年全国地级及以上城市空气质量优良天数为 87.5%。[①]。

高兴不高兴？自豪不自豪？这就是我们本溪，一个当年卫星看不到的城

① 白璐《343 天！2021 年我市空气质量再次实现历史性突破》[N].《本溪日报》2022-01-13（1）

栗战书《全国人民代表大会常务委员会执法检查组关于检查〈中华人民共和国环境保护法〉实施情况的报告》[R]. 中国人大网 2022-8-30（首页）

市，到今天成为绿色城市，空气优良的城市。这些年，本溪人民和本溪历届政府所做的努力和付出，终于得到回报。

往事不堪回首。

1979 年初，联合国环境署官员在卫星照片上惊异地发现，东经 124 度、北纬 41 度的地方，被一团烟雾笼罩着。显然这是一个极度污染的地方，经过认证，这里就是中国的一个老工业基地——本溪。

当时的本溪城市污染到什么程度呢？ 1988 年 8 月 27 日新华社记者王言彬在《卫星看不见的城市——本溪市环境污染情况调查》一文中写道："1979 年，本溪市环保办有一个数据：本溪城区每年排放工业废气 700 多亿立方米，工业粉尘 20 多万吨，二氧化硫 10 多万吨。本溪的溪湖、南地、彩屯等地，每月每平方公里降尘量达 200 多吨。每天注入太子河的工业废水达 60 多万吨。"[①]

这么大的粉尘量，这么多的工业废气、废水、废渣，本溪的环境能好吗？

那时候，本溪人穿白衬衫的很少，因为洗不起；本溪人穿白鞋的就更少见，因为路面全是灰尘。衣服被子不能拿出去晾晒，大热天也极少开窗。屋子一天一打扫，依然满是灰尘，路边的花草树木就像丢失多日的流浪狗，没有了本来面目。本溪是建在群山之中的城市，工厂排放的烟尘，碰上刮南风的天气，就窝在城市头顶，把整个城市罩得严严实实。此时如果你登上平顶山，俯瞰城市，哪有城市的影子，真是"不识本溪真面目，只缘身在此山中"。我们现在有朋友来，都喜欢领到平顶山，欣赏一下本溪城市的全貌，可那时候，谁好意思亮家丑啊。

有一年冬天，家乡的朋友来本溪，他好奇地问我，本溪为什么把煤渣都堆到大街上，多影响城市形象和交通啊。我苦笑一下说，老兄，你好好看看嘛，那哪是什么煤渣，那是老天爷下的雪。我告诉他，本溪环境污染严重，冬天下大雪的时候，我们各单位就出来扫雪，堆成堆，然后环卫的车拉走。来不及拉走的，落下的灰尘就把雪堆覆盖，变成这个样子了。家乡的朋友直咋舌，说，从这一点，我就不羡慕你们城里，咱老家那雪一直挺到开春，还白皑皑的呢。

本溪人不会心甘情愿地生活在这样恶劣的环境里的。在中央的支持下，本

---

① 杨雪松《天蓝兰 水清青》ISBN 9787060112588 [S]. 沈阳 辽宁人民出版社 2018-12 303 页

溪从 1989 年开始了艰难的"七年污染治理",初步遏制了污染不断加剧的势头。但环境治理不是一朝一夕就可以万事大吉的,必须痛下决心,从根本上解决环境污染问题。而政府的决心有多大,经受的阵痛有多深,换来的绿水青山就有多少。

本溪历届市委、市政府在空气环境治理上坚持一张蓝图绘到底。全市上下通过精准溯源、科学预警、精细管理以及统筹推进控煤、治企、降尘、调结构、控秸秆、抓重污染天气应急处置等重点工作,不断减少污染物排放。而且力度越来越大、投入越来越多。这些年从环保局的业务不断拓展,权限不断加大,管的事情越来越多就可略见一斑。

2008 年 12 月 17 日,本钢一铁厂结束了近百年的炼铁生涯。吞吐了百年黑色烟雾的 1 号、2 号高炉,以及与之配套的烧结机、焦炉设备,悄无声息地进入静默状态,往日的烟火只能留在人们的记忆中了。一个时代结束了,虽然人们对一铁厂的关停有些不舍,但毕竟本溪在环境保护和淘汰落后产能上向前迈进了一大步。

2015 年 9 月 22 日,本溪水泥厂 3 号窑拆除,这意味着本溪水泥厂搬迁改造工作已进入最后的阶段。其实水泥厂的搬迁在 2010 年就开始了,直到五年后才全部完成,可见淘汰落后产能和搬迁污染企业的工作不是一件轻而易举的事。这个厂的工业粉尘排放量每年高达 3,024 吨、二氧化硫 1,500 吨,严重影响本溪市的大气环境质量[①]。

我是 2000 年从东明搬到北地的,我家的房子东西通透,东望平顶山,西看太子河。可是,本溪水泥厂就在太子河的西岸,由于电除尘设备不达标以及环保设施老化等原因,这个厂在生产过程中产生的水泥粉尘长期污染着周围地区的环境。从窗子望出去,东边是晴朗的蓝天,而西边则灰蒙蒙的一片。当时有朋友来我家就说,你家的环境哪里都好,就是水泥厂的粉尘污染太严重了。当时我就想,要是水泥厂能搬迁就好了。

没想到,我的愿望真的就成了真,本溪水泥厂终于搬走了。我现在再从西窗望出去,绿水、青山、晚霞,景色美极了,就连当年留下来的煤矿竖井,也

---

① 黄学仁《我市最大污染源本溪水泥厂迁出市区》[N]. 本溪日报 2010-08-20 (1)

看得清清楚楚，仿佛就在眼前。

近十年来，本溪市不断加大环境保护的力度，淘汰炼铁高炉、烧结机、焦炉及水泥窑等落后产能设备60多台套；完成火电、水泥、玻璃、钢铁等行业提标改造项目200余个；拆除分散供暖小锅炉房100余座，拆改燃煤小锅炉1,600余台、累计3,000余吨；完成供暖燃煤锅炉升级改造42台；淘汰退出炼铁产能308万吨、烧结产能693万吨；淘汰黄标车及老旧车辆54,000余台；关闭矿山40余座，完成闭坑矿山生态治理53处，治理生产矿山78座。先后投入大气污染治理资金100多亿元。先后完成了钢铁、电力、水泥等行业除尘、脱硫、脱硝设施的建设和升级改造，建成了覆盖全市各县（区）的城镇污水处理厂、垃圾填埋场等①。

特别是自"十三五"以来，本溪市以创建"国家环境保护模范城市"为目标，贯彻落实"绿水青山就是金山银山"的发展理念，实施"生态立市"的发展战略，围绕创建"国家环保模范城市"，开展"蓝天、碧水、青山、净土"工程，通过采取节能减排、流域治理、矿山修复、控制城市扬尘、完善和提标改造各级污水处理厂等切实有效的举措，推动了全市环境质量持续向好。同时，以绿色产业、生态经济为新支点，全面打造青山常在、绿水长流、空气常新的"生态山城、美丽本溪"。

多年来，本溪市一直加强环境保护地方性法规建设，增强环境保护法律法规的可操作性，制定本溪市生态立市条例以及相关配套法规，建立"1+N"法制保障体系，为生态立市提供了法制支撑。

2019年，中国共产党本溪市第十二届委员会第十次全体会议通过了《关于生态立市推进绿色发展的意见》，提出实施"工业强市、文旅兴市、生态立市"战略，保护生态环境，发挥生态优势，推进绿色发展，实现高质量发展。

2020年5月1日，本溪市正式颁布实施《本溪市生态立市条例》，进一步规范了保护治理、城乡建设、绿色发展、生态文化、公众参与、制度保障和法律责任，将生态立市战略纳入法治化、制度化轨道。

目前本溪已经全面落实河长制和林长制，完成矿山治理535亩，本溪太子

---

① 白璐《本溪"幸福清单"：高质量发展 高品质生活（生态篇）》[N]. 本溪日报 2021-03-22（1）

河百里生态水长廊项目完成立项审批、全市湿地总面积保持在 35.9 万亩；湿地公园总面积 1381.6 公顷；森林覆盖率达到 76.31%。本溪满族自治县获批国家生态文明先行示范区，桓仁满族自治县获批国家"绿水青山就是金山银山"实践创新基地和国家全域旅游示范区 [①]。

人们对环境的要求是没有止境的。现在，本溪市又为自己提出了更高的目标：

2021 年 9 月 28 日，《人民日报》在《实施"四大战略"建设"五个本溪"推动本溪振兴取得新突破》这篇报道中写道："建设美丽本溪，推动生态治理保护实现新改善。坚持'生态立市'主导地位，以创建国家生态文明建设示范市为契机，深入打好污染防治攻坚战，持续改善生态环境质量，保障本溪青山常在、碧水长流、空气常新。大力建设生态秀美城乡，留白留璞增绿，多措并举推进城乡绿化亮化美化，探索整村景区化建设，做精田园、做美家园，促进山水与城乡相依、美丽与宜居兼具。积极倡导绿色生活方式，加快推动绿色低碳发展，积极推进碳达峰碳中和工作，做好'+ 生态''生态 +'文章，拓展生态资源变经济效益的实践路径，把生态优势加快转化为发展优势。"

未来的本溪，将建成生态环境样板区、绿色产业示范区、生态体制改革试验区、绿色生活先行区。让本溪的天更蓝、山更青、水更绿；让本溪人民生活得更幸福、更健康、更快乐！

---

① 田树槐《2021 年本溪市人民政府工作报告（全文）》[N]. 本溪日报 2021-01-20（1）

白璐《本溪"幸福清单"：高质量发展 高品质生活（生态篇）》[N]. 本溪日报 2021-03-22（1）

2. 太子河随想

人类滨江临河，逐水而居。于是，一座座城市，因水而诞生，因水而发展。

森林的繁茂，涵养了本溪丰富的水资源，构成东北罕见的纵横水网。本溪境内有河流 251 条，其中最大的一条便是太子河。

太子河有两个源头，南源发于本溪县东营房乡草帽顶子山，北源发于新宾县平顶山乡红石砬子山。两河于本溪县南甸子合流后，一鼓作气，贯流本溪、辽阳，汇入浑河，注入辽河，流入渤海。

太子河既然以太子名之，自然与太子有关。这个太子便是战国时燕太子丹，"风萧萧兮易水寒，壮士一去兮不复还"的历史壮剧便是他一手导演。太子丹因不甘亡国，反抗暴秦而被追杀至太子河边。人们为纪念这位不屈的太子，便把这条河以太子名之。尽管有专家考证，此太子非彼太子，但民意难违，人们宁愿相信，此太子就是彼太子。所以，千百年来，此河一直承载着本溪人的爱国情怀和牺牲精神，抗战时期的东北抗联，新中国成立后本溪层出不穷的英雄模范，都离不开这条母亲河的滋养。

今天，这条奔流不息的母亲河，不但养育着本溪市 140 多万勤劳儿女，而且在"东水济辽"工程中发挥着举足轻重的作用。其中大伙房水库输水工程，从本溪地区取水，通过输水隧洞、管道将水配送到抚顺、沈阳、辽阳、鞍山、营口、盘锦、大连七城市，输水距离达 600 余公里。

太子河在本溪境内长度为 168 公里。历史上的太子河，既有造福两岸百姓的福祉，也有桀骜不驯给两岸人们带来噩梦的时候。所以，本溪人对太子河的治理从没有间断过。我是 1982 年来到本溪的，参加过多次治理太子河修堤坝的义务劳动。特别是近 10 年来，太子河的面貌更是发生巨大的变化。随着高铁的通车、一铁厂的关停、太子城的建设、滨河路的拓宽、太子河上数座大桥的架设、橡胶坝的修建、太子河枫叶广场的落成等，让太子河出落得像一个美丽的少女。

太子河年轻了，美丽了，浑身充满了活力。这河也成了本溪市民的乐园，春天散步、打拳，夏天游泳、乘凉。尤其枫叶广场附近，到了冬天，就更热闹了，滑冰的，冬泳的，看热闹的，笑声飞上了天。

其实何止是市民的乐园，水质好了，太子河也成了鸟儿的乐园，过去不见踪影的各种珍稀鸟儿也都纷至沓来，或做短暂停留，或留此过冬。如赤麻鸭、斑嘴鸭、绿头鸭、罗纹鸭、红头潜鸭。就是白天鹅、白鹭、中华秋沙鸭等珍稀鸟类也时常光顾，嬉戏水中。

城市依水而建，水和城市相互依存，城市因水而美，水因城市而名。

然而，本溪市并没有就此停步，他们又制订了一个雄心勃勃的太子河治理方案，要在太子河上建百里生态水长廊，让太子河脱胎换骨。

据本溪市水务局介绍，本溪市"太子河百里生态水长廊"项目已于 2020 年 7 月正式立项。规划范围东起本溪县洋湖沟，西至溪湖区林家，干流全长约 130 公里，分本溪市城区段、农村段和源头段，本溪市城区段作为重点区段，从牛心台三家子大桥至溪湖区林家，全长约 28 公里，预计总投资 79.5 亿元[1]。

规划中，拟对太子河市区段现有 7 座拦河闸坝进行升级改造，开发水上游乐项目，可行船游览城市景观。从市区到上游本溪县小汤河，规划旅游及度假区共 8 处，可开发阳光沐滩、帐篷营地、冰雪世界、避暑胜地、漂流戏水等游乐项目以及餐饮服务等配套服务。还规划了水文化科普公园、水生态公园等各类主题公园共计 11 处；计划在太子河同江峪段右岸建设 1 处阳光沐滩天然浴场。还有市民提出在枫叶广场通往高峪道口修建一条跨河人行天桥，建设本溪满族自治县后崴子、中寨子、碱厂沟等处河段的主题文化公园等建议，可以想

---

① 张海浪《本溪打造"百里生态水长廊"增加市民幸福感》[N]. 辽宁日报 2021-08-31（1）

象，建成之后的太子河百里生态水长廊，其美景可谓美不胜收。

在中国，凡美景处必有名楼，尤其水边。

武汉的黄鹤楼，矗立于长江边蛇山之上；山西的鹳雀楼，高耸于黄河之滨；湖南的岳阳楼，拔起于洞庭之水；江西的滕王阁，雄踞于赣江之畔。

其实，岳阳楼也好，滕王阁也罢，如果就是一座楼，登不登上去，望不望一眼，都不十分重要。但就是因为这些楼阁曾是文人雅士们会聚之所，许多文学名篇也因这些楼阁而诞生，于是，这些楼阁便因了这些诗文而声名远扬，那些诗人也因了这些楼阁而名垂千古。尤其古人的那些情怀、那些悲欢，让我们感慨，让我们喟叹。于是我们便情不自禁地追寻他们的脚步，一步一步，登上楼去，细细体味。更因时代不同、情怀各异，每个人在这楼阁之上，都会生发不同的感怀。正如范仲淹在《岳阳楼记》中所言："然则北通巫峡，南极潇湘，迁客骚人，多会于此，览物之情，得无异乎？"

太子河的岸上缺少一座楼阁。平顶山上有一座青云阁，那么在太子河的岸边也应该有一座楼阁，太子河古称衍水，那么就叫衍水楼，或衍水阁，或其他什么名字。

太子河最近这十年来，变化可谓日新月异，几日不来，便又是一番景象。太子河变宽了，水变清了，岸边绿柳成荫，河上新桥纷呈，正可谓："长桥卧波，未云何龙？复道行空，不霁何虹？"但是，我总感觉还缺少点什么。

说到上海，我们便想到黄浦江；说到南京，我们便想到了秦淮河；说到巴黎，我们便想到了塞纳河；说到伦敦，我们便想到了泰晤士河，反之亦然。

可是，什么时候我们能够说到本溪，便想到了太子河，说到了太子河，便想到本溪呢？这一天会来吗？我想一定会的。从太子河两岸的变化，从本溪百姓的期盼，从本溪市政府的决心，我们看到了希望，这一天不会太远。

现在，人们开始喜欢上了原生态，无论是山，无论是水。可是，作为一座城市却不是这样，尤其是流经这座城市的河。要让这河与这城融为一体，就要对这河进行打扮，为她美容，为她选择最美丽、最合体的衣裳，为她置办最能体现其内涵和品质的饰品，使其成为一个美丽佳人，只有如"窈窕淑女"，才会有"君子好逑"。

但是，在给这河打扮的时候，却有着典雅和粗俗之分。就如有人穿衣一样，有的人看似不经意的打扮，略施脂粉，却典雅大方、端庄秀美。而有的人虽穿金戴银、披红挂绿、乱涂脂粉，却俗不可耐。其中的奥秘就在于内涵，就在于修养。而内涵和修养却不是一日之功，万不可急就章。

为什么我们看到的莱茵河、多瑙河、塞纳河那么清澈丰沛，那都是经过治理的结果。而且花费的时间不是几年，而是十几年、几十年。拿巴黎的塞纳河来说，它的治理就整整花了 40 年的时间。40 年啊，那将是多少届政府的一个共同的目标。

塞纳河上有一座漂亮的大桥叫新桥，虽名新桥，却是老桥。在塞纳河上挺立了 400 年，仅建这座桥就用了将近 30 年的时光。够慢的了。可是，如果快了，它就不会是一个珍贵的艺术品了。塞纳河上建起的桥，据说共有 36 座，每座桥的造型都有特点，而其中最壮观最金碧辉煌的是亚历山大三世桥。这座桥以独一无二的钢结构桥拱，将香榭丽舍大街和荣军院广场连接起来。

塞纳河的两边还有很多建筑，大都有几百年，依然那样风姿绰约地矗立着。这些经得起岁月和风雨洗礼的建筑，都是几代人心血的结晶。看到它们，我不能不想起太子河北岸的枫叶广场，这是一个很有诗意的名字，但它还不能承载本溪的历史和文化，还不能成为一个城市的象征，还没有我们希冀的那样的文化含量。

2020 年 12 月 31 日，历时 9 个半月的紧张施工，令山城百姓瞩目的我市第一座悬索桥——新溪湖大桥建成通车。桥梁塔呈深灰色，庄重而古朴，带着独特的文化内涵，连接着主城区和溪湖区，一经建成便成地标，非常壮观。那天我走了一趟，看到很多市民在那里拍照留念。

本溪这些年也新建了很多桥，明山区政府前的桥、衍水大桥、彩屯大桥等等，让本溪人的出行更加快捷方便。

对一个城市来说，桥不仅仅是让通行便利，更是文化的象征。那天我路过小华山大桥的时候，看到那里已经封闭，不能通车了，已经斑驳的路面正准备维修。我真的希望这座大桥能建得更美一些。还有那座衍水大桥，走了几次，很好，横跨铁路，交通枢纽，但北地的入口却非常狭窄，几乎是从两边的楼房硬插进去。将来政府要是有钱了，把两边的楼房拆掉，让引桥开阔舒展起来就更好了。

其实，一条河流，仅仅河水清澈、建筑精美，还是远远不够的，还要有灵魂。

四大名楼中，岳阳楼是因了范仲淹的"先天下之忧而忧，后天下之乐而乐"；黄鹤楼是因了崔颢的"黄鹤一去不复返，白云千载空悠悠"；滕王阁是因了王勃的"落霞与孤鹜齐飞，秋水共长天一色"；鹳雀楼是因了王之涣的"欲穷千里目，更上一层楼"。

名楼和文化是紧密相连的，文化和名人又是相辅相成的。再美的楼，如果没有文化的内涵，如果没有名人的登临，它就永远只是一座楼而已，没有谁会记住它。

一条河也是如此，它流淌的不仅仅是水，而且是一个民族的血脉和文化的传承，它是一座城市的文化遗产，更是一座城市荣耀的象征。

我想，作为太子河，仅仅成为本溪城市的生态带和市民休闲健身的场所是远远不够的。因为这样的一条河，到头来仅仅还是一条河，一条和其他无数的河没有任何区别的河。

所以，仅仅流动的河并不是一条真正有灵魂的河。尽管这里不会再有王勃、王之涣、崔颢、范仲淹这样的文学家、政治家、思想家们留下他们的不朽之作，但却可以成为当下作家、艺术家们驰骋想象、飞扬灵感、碰撞思想的创作之所。不仅仅是市民休闲娱乐之地，更要成为他们传承文化、追求梦想的精神家园。

3. 城市里的山居生活

都说本溪山好水好空气好，那是一种什么样的生活状态呢？我还是详细给你说说吧。

多年以前，本溪有一位老作家写了一部长篇小说，出版前，要开个研讨会，让大家提提意见，好再进一步修改。他是市里一名机关干部，退休后在山里的农民那儿买的房子。从市里去他那儿，一个多小时的车程，下车还要走五里多山路。因为是春天嘛，我们去的那天，满山梨花，洁白如雪，真是美极了。

下山的时候，我就想，自己将来退休的时候，是否也像他那样，到农村去买处房子呢？

可是，随着本溪大气污染治理，空气一天天好起来，这种想法也就渐渐地淡了。想想，真没有那个必要，因为本溪这座城市其实就在这大山里。拿我现在住的房子说，在本溪属于那种很一般的，而且是东西通透，不如人家南北通透的房子正宗。

可是，我这房子有一个好处，东面的窗外就是平顶山，巍峨挺立，郁郁葱葱。西面的窗外就是太子河，夕阳西下，波光粼粼。傍晚，走走太子河，周末，登登平顶山。若是长一点的节假日，可以再去远处走走，关门山、五女山、汤沟，小住几日，很爽。

40 年前，我们大学同学一起分到本溪的有八个人，后来陆陆续续都调走了，现在只剩下两个。当然，那些调走的肯定不会后悔，因为他们原本就不是本溪人。

而我，尽管原本也不是本溪人，却并不羡慕他们，因为他们生活的城市，我连去玩玩都不想。

我在报社工作的时候，家就在报社后面的山上，上班下班要爬很高的坡，若是再拿点东西，累得要死。可是那房子也有它的好处。因为山上多为槐树，春天开花的时候，我从阳台上就可以摘下几朵。睡觉的时候，槐花香气袭人，那才叫睡得香。夏天的时候，窗户开着，常会有蝴蝶和小鸟飞进来。下班回来，看到这些不速之客，你要费上几番周折，才能把它们赶出去。后来换了房子，离报社略远一点，可不多久，我便调到了市文联。文联是群团组织，一般人不爱去，可我喜欢，如鱼得水。文联离家更近，早上上班，不慌不忙，遛遛达达也就十来分钟。按理说，文联在本溪市中心的中心，该是闹市了吧，可我们的小楼偏偏在公园一角，这里绿树成荫，幽静清凉，坐在办公室里，就可以看园里花开花落，听树上虫鸣鸟啼。

有山的城市是美的，而建在山上的城市就更美了。前些日子我碰见一位离休的老同志，谈起解放初从哈尔滨来本溪工作的情景。他说，那天是傍晚，火车快进本溪的时候，华灯初上，远远望去，本溪摩天大楼，灯火辉煌，他好激动，自己竟到了这样一个繁华的大城市。当时本溪是中央直辖市，又是有铁有煤的重工业城市，被唤作共和国骄子，很令人向往。可是第二天，那些摩天大楼都不见了踪影，原来，本溪的房子都建在山坡上，高低错落，产生错觉。

不过，老人家说，这个错觉在今天可不再是错觉了。他说，那天他从沈阳回来，走的高速，一过高台子，远远地便看见横亘眼前的平顶山，还有蓝天白云。当车接近高速出口的时候，你再向右望去，太子河蜿蜒流进市区，夕阳余晖下，整个城市如海市蜃楼般呈现在你的眼前。说到这儿，老人笑了，说：对了，此时此刻，你还会产生错觉，这是本溪吗？

生活在山区的人，常常向往去看海，其实大海偶尔看看还可以，别说天天看，就是让你在大海边看上一天，你就会厌倦，因为除了在沙滩散散步、海里游游泳，再也没有什么可以让你消遣的了。但是山却不同，山上曲径通幽，万千变化，山花野果、怪松奇石、小桥流水，让你目不暇接。

所以，中国的寺庙都建在了山上，中国的诗人一生都努力去踏遍青山。中国的山水画家也是如此，他们喜欢画的就是山。在他们笔下，或怪石嶙峋，或青山滴翠，或重峦叠嶂，或危峰兀立。然后画上瀑布，画上涓涓细流。所以本溪出画家，他们的画都很值钱。而且，东北很多美院学生，都来本溪，静静地画上十天半月，那画，立刻大有长进。

不仅如此，本溪还出摄影家，甚至连小学生都能拍出许多优美的照片。其实不是因为他们摄影技术有多高，也不是他们的相机有多好，而是本溪的景色太美。当然，那些真正的摄影家除外。本溪还出垂钓高手，本溪山多自然水多，有车的都到远一些的水库钓鱼，没车的就到太子河边垂钓。我一般早晨起得都很早，到太子河边散步。可是那些垂钓者，起得比我还早，在河边已经排成了排。仔细看去，上有70多岁的老者，下有十几岁的孩童，他们端坐河边，那安详的神态，真的是为钓而不为鱼啊。

说了山好水好空气好，其实本溪还有一好，那就是吃的东西好。本溪的吃，可谓美食家的天堂。

春天来了，有山菜，刺嫩芽、蕨菜、大叶芹、小叶芹、婆婆丁、猫爪子、小根菜……蘸酱吃、包饺子吃、炒着吃。吃不了，用水一焯，放到冰箱，留着冬天吃。如果焯的时候略放一点盐，那山菜便绿莹莹、脆生生，和新采的没什么区别。

秋天到了，有蘑菇、松蘑、榛蘑、灰蘑、黄蘑、红蘑、扫帚蘑，炖小鸡，下火锅，说句东北话，可劲造。还有山核桃、山里红、山葡萄、软枣子，哪一个不是健康食品？里面净是城里人说的维生素 C，你就尽情地吃吧。

桓仁的美食有桓仁京租大米，也就是当年给清廷皇室的贡米、满族火锅、酱焖蛤蟆、扒三白、黄金肉、红梅鱼肚、白肉酸菜血肠等。花鲢、草鱼、鲤鱼、池沼公鱼，每年举办开江鱼美食节，吃的可是全鱼宴。各色鱼等烹炒煎炸，清蒸、酱焖、乱炖、包馅，鲇鱼炖茄子，酸甜可口的凉拌鱼皮，酸甜香脆的松鼠鲤鱼，再加上苏叶干粮、柞椤叶饼、大黄米饭、冰葡萄酒，让你吃起来真是欲罢不能。

本溪县的小吃也毫不逊色。那天我们在汤沟一家饭店用餐，老板使出浑身解数，光主食就有酸汤子、牛舌饼、芝麻饼、苏叶饺子、煎饼盒子等十几种。那天，午饭吃得有些晚，路上大家都饿了，一上桌，就狼吞虎咽，可是干吃不饱。为什么？好吃啊！所以，从上桌开始就是吃、吃、吃，一直吃到难受为止。

本溪县的小市羊汤可谓一绝。2021 年辽宁评选出"辽宁名小吃"，小市羊汤就榜上有名。本溪县文化学者、著名杂文家李兴濂先生曾写过一篇赋，就叫《小市羊汤赋》，这里不妨录下一段：

小市羊汤，本溪之名片，县城之一绝。美味可口胜琼浆，号称辽沈第一汤。

……

食之精品乎，小市羊汤！五鼎大烹，架于炉灶上，置入羊肉、羊杂、羊骨。炉膛火光熊熊，锅内羊汤滚滚，热气升腾弥漫，香气肆意飘洒。厨艺精湛，技高方奇。肉熟骨别，切成碎块，再入老汤。因人而异，各品其美，后加其料，添香菜、芥末、精盐、米醋、青椒、葱末、姜末、蒜末、胡椒粉诸料；呈红、白、绿、青、黄之色，五彩缤纷，色香各具。品酸、辣、膻、鲜之美，百味杂陈，脍炙人口。伴以羊血、羊肝、羊肠、羊肚、羊脸、羊蹄筋、羊尾之肴，食牛舌饼、花卷、蛋饼、酥饼之餐。温一壶老酒，盛一碗鲜汤，热乎乎、火辣辣、香喷喷，肥而不腻，香而不浓，浅尝一口，如饮甘露。大快朵颐，痛快淋漓，咂嘴舔舌，无不称道。其韵无穷，其美难言，天上人间，何食能及？

仅这一段，就把小市羊汤写得淋漓尽致，就把读者撩拨得垂涎欲滴。

现在人们对生活的要求越来越高，喝羊汤的时候，一定会再要几个菜，如爆炒羊脸、手撕羊肉、烤羊排、爆炒羊杂、炒羊肚……不同做法，不同味道，让你大快朵颐，不愿撂筷。

本溪还有一位诗人叫陈明智，他有一篇《本溪山乡赋》，其中也把本溪的农家美食、满乡遗韵、山乡民俗写得妙趣横生：

林中山货，物美类繁：榛子核桃，仁熟果坚；山梨葡萄，经霜愈甜；人参林蛙，地道特产。……腊月农家，方桌火炕，盘腿围坐，亲友聚餐。白肉血肠，酸菜火锅，鸡炖蘑菇，酱焖河鲜。火盆拔旺，小酒烫温，举杯畅饮，共祝丰年。黏豆包、黏火勺、腊八粥、黄米饭，香美黏食，其妙堪言。剪窗花，穿新衣，放鞭炮，贴春联，杏条煮饺子，红火过大年。正月庆新春，灯笼挂高杆，扭秧歌，踩高跷，耍龙灯，跑旱船。元宵拜灯，中和引龙。满乡遗韵，世代承传。……

怎么样？没有流涎水，算你自控力超强。

这真是：绿水青山就是金山银山，满乡遗韵令人流连忘返。

第二章　长风破浪会有时

光明和希望

总是降临在

那些真心相信梦想

一定会成真的人身上

——威尔逊

1. 为你插上腾飞的翅膀

　　如果有人问你，"本溪"两个字如何读，你一定会感到奇怪。"本"不就是"本分"的"本"，"溪"不就是"溪水"的"溪"吗？极平常的两个字，还能读出花样来？

　　不错，你读得很对。可是，从你的读音，一听你就不是本溪人。到过北京的大栅栏吧，那三个字，你知道北京人怎么读？读作"大石烂儿"（dàshílànr），一点不挨着。本溪也是如此，真正的本溪人读"本溪"两个字的时候，把"本"字读成"杯"，且声调一路上扬，仿佛从山根底一直升到山顶上。到说"溪"的时候，则下巴往下使劲，把声调压得低低的，仿佛从山顶上一下子降到山根底下。

　　不信你可以试试。

　　我是上世纪80年代初来本溪的。刚来本溪的时候，总觉得本溪人说话有点土，比不上沈阳人的文雅，也比不上大连人的自信，更比不上锦州人的趾高气扬。但是后来我到本溪湖走了一趟，这才发现，本溪人说得没错，本溪的"本"，原本就是"杯"。这个"杯"的来历，源于世界最小的湖——本溪湖。

　　本溪湖虽然名之曰湖，但却小得不能再小，且藏于一座山洞之中。这洞呈锥形，上宽下窄，状如犀牛角做的杯子，故称"杯犀湖"。清同治八年，辽阳驻防将军高陞先取"溪之本源出于湖"之意，于洞的上方刻"本溪湖"三字，于是，"杯犀湖"改称本溪湖。但是，老百姓口音难改，世代相传，仍然"杯犀""杯犀"地叫着，而且，"杯"字越扬越高。

本溪人对本溪湖有着特殊的感情，这是因为本溪湖是本溪市的发祥地，先有本溪湖，后有本溪市。而本溪湖的兴起和繁荣，则有着近代城市发展的鲜明特点，那就是资源，是煤炭，是矿山，是钢铁。

我们不妨简单地回顾一下历史。

1904 年，东北的土地上发生了一场旷日持久的战争，日俄战争。其惨烈程度为世界战争史上所罕见。如今人们提起这场战争的时候，差不多都异口同声地谴责清朝政府的腐败无能。是啊，堂堂大清，竟然让两个帝国主义，一个俄国，一个日本，在我们的土地上，进行一场血战。而清政府却若无其事地保持中立，这真是滑天下之大稽。结果是日本战胜俄国后，野心越来越大，不仅占有中国东北大片领土，还修铁路，掠矿山，搞移民，一心想把东北变成他们的殖民地。

就在这个时候，本溪来了一个人，他就是日本的大仓喜八郎。

经日本关东军总督批准，1907 年大仓财团在本溪组建了"本溪湖大仓煤矿"。后经过清政府的几次交涉，双方决定合办，将"本溪湖大仓煤矿"更名为"本溪湖商办煤矿有限公司"。四年后，更名为"本溪湖煤铁有限公司"。这一字之差，便改变了本溪这座城市的走向，使得本溪的近代工业，由单一的煤炭逐步向煤炭和钢铁转型。本溪解放后，在 1953 年，煤铁公司分成本溪钢铁公司和本溪矿务局两大家。由于 100 余年的过度开采，本溪的煤炭资源逐渐枯竭，而本钢则经过不断改造升级，闯过风风雨雨，焕发出勃勃生机。

记得有一首歌唱炼钢工人的歌曲《我战斗在金色的炉台上》，其中就有这样的句子："我战斗在金色的炉台上，这里是毛主席到过的地方，亲切的教导时刻在耳边回响，革命的豪情激荡在我的胸膛。千座矿山化铁水，万吨钢材运四方。汗水伴着钢花飞舞，红心随着炉火歌唱……"这首歌真的唱出了炼钢工人的自豪感。你看，炼钢工人在炉前，身穿厚厚的白色石棉服，头戴安全帽，手握钢钎，挥汗如雨，多让人羡慕和敬佩呀。

可是，这样的景象现在再也没有了，炼钢工人已经不是站在炉前，而是文静地坐在电脑前，再也没有钢花飞舞，再也没有挥汗如雨了。前几年省摄影家协会组织省内知名摄影家来本钢采风，本钢的发展让他们兴奋，但是拍出来的照片却让他们失望，因为轰轰烈烈的壮观场面没有了，照片一点都不生动。不过，他们知道，这就是现代化的工厂，这就是跻身世界前列的本钢。

然而，钢铁工业注定是一个时刻充满不确定因素的行业。一方面我国工业化、现代化、城镇化进程加快，对钢铁需求不断加大；另一方面，一浪高过一浪的大上钢铁热潮，使产能严重过剩。国际，铁矿石不断涨价，国内，钢铁市场波动起伏，不断地给钢铁工业造成重大冲击。

2008 年，"功勋高炉"本钢 1 号高炉宣告"退休"。这座高炉，曾是亚洲最大的炼铁高炉，也是目前国内现存年龄最大的高炉，已经成为中国钢铁工业的符号和象征。

1 号高炉建于 1915 年，当时主要炼制的是低磷铁，也就是我们现在所说的人参铁。后来随着炼制技术的不断进步与成熟，这座高炉由冶炼普通生铁改炼铸造生铁，当时在整个亚洲，它的炼制技术是最先进的。

说起一铁厂，本钢的老工人都有一种自豪感，他们如数家珍：新中国的第一批枪、第一门炮、第一辆解放牌汽车、第一台汽轮发电机、第一颗返回式人造地球卫星、第一枚运载火箭……都曾使用过这里生产的优质钢铁原料。

如今，燃烧了近一个世纪的高炉冷却下来，许多人的泪也流了下来。

然而，感情代替不了社会的发展，随着现代社会的发展和科技进步，淘汰落后产能成为历史的必然，同时也标志着本溪钢铁生产进入一个全新的时代。

2011 年，本溪市政协为本溪市工业遗产保护的事，组织政协委员到本溪湖地区视察，我在那里看到煤铁公司当年的遗迹，比如彩屯煤矿的竖井、本溪煤矿的中央大斜井、炼铁公司事务所的小红楼，和后来扩建的大白楼，建于 1904 年的本溪湖火车站，埋葬在 1942 年震惊世界的本溪煤矿瓦斯大爆炸中死难的 1500 多名矿工的肉丘坟，等等。看到这些，你不能不感到历史仿佛就在昨日。

2021 年，本钢历史掀开新的一页。鞍钢本钢重组完成，本钢正式成为鞍钢集团控股二级子企业。

2021 年 8 月 20 日，一个被载入中国钢铁工业发展史册的具有里程碑意义的日子，这一天鞍钢重组本钢，钢铁产业格局重新构建，中国第二大、全球第三大"钢铁航母"扬帆启航！

在我的记忆当中，鞍钢和本钢，应该是第二次握手了。

早在 2005 年 8 月份的时候，两大钢铁公司就宣布联合组建鞍本钢铁集团。可是多年来，并没有什么实质性的进展。

可是这次，不同以往。这次两钢合并后，其产量将达到 5555 万吨。新中国成立初期全国的钢铁产量不到 20 万吨。70 多年的时间，一个钢铁厂的产量就将近当年全国产量的 100 倍。所以，鞍钢重组本钢，成为世界上又一个横空出世的钢铁巨无霸[①]。

鞍山和本溪相距不到 100 公里，如果按本钢的北台钢铁厂到鞍钢的弓长岭矿，两者的距离就更近了，可以说快挨到一起。而不像有些大型企业的联合，一个在东，一个在西，企业管理，资源整合，总不如鞍本重组来得顺。所以，不合并，同质竞争弊大于利；合并，拧成一股绳，利大于弊。两家资源整合，有利于市场竞争。所以鞍钢重组本钢后，将围绕"要素管控＋管理移植""战略引领＋资源系统"两条主线，释放两家在采购、销售、创新、物流、矿产资源、国际贸易、产业金融等方面的优势。通过资源整合，减少重复投入，形成创新合力。

有专家认为，重组对东北振兴的引领作用不容小视。这艘钢铁"航母"在辽宁大地诞生，将有利于调整和优化东北地区板带材、棒线材和优特钢的钢铁产业布局，形成新兴钢铁产业生态圈，助力辽宁做好结构调整大文章。

那么，本钢现在主要都有什么产品呢？这些年，本钢经过不断升级改造，在汽车板、高强钢、硅钢、棒线材等产品生产和研发中处于国内领先水平，形成了线材、螺纹钢、球墨铸管、特钢材、热轧板、冷轧板、镀锌板、彩涂板、不锈钢等 60 多个品种、7500 多个规格的产品系列，这些产品多用于汽车、家

① 彭强《重磅！鞍钢本钢宣布正式合并，全球第三大钢企诞生》[N].21 世纪经济报道 2021-08-20（1）
刘宝亮《从缺铁少钢到全球第一，钢铁强国行稳致远——看成就展展开新中国钢铁 70 年征程画卷》
[N]. 中国经济导报 2019-10-23（1）

电、石油、化工、航空航天、机械制造、能源交通、建筑装潢和金属制品等领域，并出口美国、欧盟、日本、韩国等80多个国家和地区，出口总量连续多年位列全国钢铁行业前茅。具备最宽幅、最高强度汽车用冷轧板和最高强度汽车用热镀锌板的生产能力和整车供货能力。

而且，本钢拥有国家级技术中心和检测中心，建有博士后科研工作站、先进汽车用钢开发与应用技术国家地方联合工程实验室等研发平台。是辽宁省钢铁产业产学研创新联盟的牵头单位，是中国质量协会确定的"质量管理创新基地"，是国家工信部认定的"国家技术创新示范企业"和"中国工业企业品牌竞争力百强企业"。

在谈到鞍钢重组本钢时，本钢的领导说了四个有利于："一是有利于深化供给侧结构性改革，提升钢铁产业集中度，推动钢铁产业布局优化和结构调整，促进钢铁行业高质量发展；二是有利于充分发挥鞍钢和本钢丰富的矿产资源优势，构建钢铁行业新发展格局，提升我国战略资源保障能力，维护钢铁产业链供应链安全；三是有利于优化资源配置，充分释放协同效应，全力打造具有全球竞争力的世界一流企业，更好发挥国有企业推动东北地区全面振兴全方位振兴的主力军作用；四是有利于助力辽宁做好结构调整'三篇大文章'，加快数字辽宁、智造强省建设。"

到2021年底，虽然鞍钢重组本钢才仅仅半年，但本钢却发生了四个大的新变化：

第一个变化，就是经营效益大幅提升了。虽然存在限产、限电的压力，但本钢抓住了重组整合和市场向好的机遇，利润创历史最高水平，实现营业收入907.89亿元，同比增长47.2%，创10年来最高水平；上缴税金56亿元，同比增长99.3%。而在2022年一季度，本钢营业收入达到203亿元，实现利润12.91亿元，同比增长55.35%，实现"开门红"[①]。

第二个变化，就是进行了历史上前所未有的重大改革。中国历史上所有的改革，无一例外都是艰难的，企业也是如此。而这次本钢改革动作之大、影响之深，更是前所未有的，所以触及的面也是很大的。在落实国企改革三年行动

任务上，本钢的态度是坚决的、毫不动摇的。所以取得的成果也是巨大的。尤其体制改革，实现历史性的突破，完成本钢混改，完成工商登记变更，构建股权多元治理新格局。

第三个变化，就是企业管理提档升级，重组整合协同效应充分凸显。整合融合半年来，鞍本管理体系完成管理平台统一、管理标准统一、管理语言统一、管理行为统一，努力实现深度融合效果；核心业务深化协同并拓展延伸，不断放大"1+1>2"的协同聚合效能。

第四个变化，就是职工最关心的，也是涉及他们的切身利益的。重组后的本钢由国企升为央企，实力增强，效益提升，职工工资收入有了明显增长。收入多了，对企业发展的信心自然就增强了，对企业的改革也就积极参与了。

本钢董事长杨维说："鞍钢重组本钢后，企业面临许多重大改革，这些改革只能成功不能失败，要以咬定青山不放松的执着和行百里者半九十的清醒，勇于变革、勇于创新、永不僵化、永不停滞，在这场历史性变革中经受考验，考出好成绩，在建设高质量发展新鞍钢、新本钢的征程上不断交出优异的答卷。"

由于多年来，本钢一直冠名辽篮，所以当 2022 年 4 月 26 日辽篮再次捧起 CBA 总冠军的奖杯时，本钢立刻发来贺信：

辽宁男篮，冠以本钢之名，铸就钢铁之躯，涵养钢铁之魂。南昌决战，沙场点兵，辽宁本钢男篮谋局布阵，气势如虹。杨鸣运筹帷幄、智胜千里；韩德君坚如磐石，定海神针；郭艾伦蛟龙出海，电闪雷鸣；赵继伟神来之笔，虎步生风；张镇麟激情四射，天降奇兵；付豪摧营拔寨，虎跃龙腾……辽宁本钢男篮以江河奔流之势，问鼎 CBA 之巅。正是坚守信念，敢于挑战，永不言弃，百折不弯的精神，让辽宁本钢男篮再登绝顶，傲视群雄。

……

这封文采斐然、激情四射的贺信，说的是辽篮，其实何尝不是说本钢自己呢？"钢铁之躯""钢铁之魂""运筹帷幄""定海神针""敢于挑战""永不言弃"……这些让人振奋的词句，正是那些对未来充满自信和希望的人才想得到、说得出的啊！

如今，本钢人憋足了劲，要在新一轮经济大发展中，抢占先机，走在时代的前面。那看不见的钢花早已在他们的心中，化为激情，化为动力，化为中国钢都的累累硕果。

2. 这是一座希望之城

转眼之间，石桥子这个曾经名不见经传的弹丸之地，从几度易名之中便可见证发展。石桥子镇—本溪市经济技术开发区—中国药都—高新区，那曾经的一幕一幕，就像飞驰的高铁，从石桥子一掠而过，而这一过就是三十年。

艰难成长的石桥子，吸引了本溪人三十年的目光，牵动了本溪人三十年的心。当年的那些奋斗者，如今也都成了白发老人。

对石桥子，每一个本溪人都不能不萦绕于怀、耿耿在心。高新区的每一步发展、每一次变化，都让人欣喜；每一次挫折、每一次停滞，都让本溪人关注。

但是，虽为本溪人，但若身处局外，对石桥子的发展，对当年石桥子面临的困境，对石桥子建设者们所付出的心血，对市委市政府为石桥子的发展所做出的一个个艰难抉择，对石桥子未来的规划和发展，很难有一个全面的了解。

2022年新年伊始，本溪日报社组织记者对高新区进行全方位深入细致的采访，将一个充满活力、充满希望的本溪高新区，呈现给世人。

这样的报道，让本溪市民备受鼓舞、倍增信心。

本溪是一座典型的煤铁资源型城市。新中国成立后，本溪为国家提供了3亿吨煤炭和100多个品种的工业品。然而，经过百年来的过度开发，煤炭资源已经枯竭，只剩一个钢铁产业。要养活100多万城市人口，本溪面临着可持续发展的严峻挑战。本溪不能不吃"钢铁饭"，但是本溪不能只吃"钢铁饭"，本溪的产业结构调整势在必行。

可是，路在哪里？本溪该向何处去？

早在 70 年前，年轻的共和国仅仅成立两年多的时间，百业待举，百废待兴。于是，以钢铁和煤炭闻名于世的本溪，便成了共和国的骄子。1951 年，本溪被定为中央直辖市，可见本溪在新中国社会主义建设中的地位和影响。

早在 30 年前，尽管中国大地上一些新兴城市蓬勃发展，但本溪还是被中央定为较大市。当时除掉直辖市、省会城市、经济特区，中国的较大市只有 18 个，其中包括苏州、青岛、大连、无锡等。就连现在如雷贯耳的佛山、温州等全国百强城市，也被本溪远远地甩在后面。

然而，较大市的设立并没有让本溪人陶醉，因为这一切只证明本溪的过去，并不代表本溪的现在和未来。因为这个较大市不过是过眼烟云，在市场经济不断深入发展的今天，不进则退。尤其一些南方的城市，它们的经济发展已经让本溪不能不自叹弗如。

本溪人不服气，本溪人不泄气，他们相信，本溪一定会再次崛起，一定会和较大市相匹配。

20 世纪 90 年代初，伴随着农村改革的强劲东风，城市经济体制改革也在火热进行，在中国这块大地上出现了一股建设开发区的热潮。

开发区热的出现，有其历史的必然。在改革开放初期，我国的城市资源几乎全部被旧体制成分占据。只有通过"给政策"的方式，使开发区成为新体制环境最容易生成的区域。这不仅为大批外资、"三资"、民营等市场经济成分提供立足的空间，同时也大大降低了改革的代价和成本，为规避新旧体制直接碰撞提供了宝贵的时间错位机会。

本溪抓住了这次机会，登上了开发区这班车。

1992 年底，本溪市在溪湖区石桥子镇筹建经济技术开发区，并将石桥子镇整建制委托开发区代管。人们没有想到，这个僻静的山区小镇，会在沉寂千百年后，即将拔地而起一座新城，矗立于本溪和沈阳之间。

但是，我们必须承认，这时的本溪经济技术开发区历经风风雨雨，虽然有了一些发展，但和国内的一些开发区相比，仍然是发展缓慢，这里没有太大的企业，没有叫得响的产品，一直在不温不火中徘徊。

然而，一个地区的发展，必须找准能够发挥自己优势的产业，必须有一个良好的外部环境，必须有一个坚定团结、一心做事、求真务实、敢闯敢干的领导班子。也就是说，非有"天时、地利、人和"不可。

本溪又一次的发展机遇，终于来临了。

2006 年 6 月，本溪市第十次党代会做出战略决策，全力推进产业、所有制、城市空间布局三大结构调整，加快本溪资源型城市经济转型和老工业基地的全面振兴。接着，市委、市政府做出决策，在石桥子经济技术开发区建设现代医药产业园区，并以现代医药产业园区为支撑，建设一座生态新城。这一决策，为"中国药都"花落山城打下坚实基础。

本溪发展现代医药产业，此其时也！

从国家层面看，近年来国家将现代医药产业作为新兴战略产业重点扶持；健康消费市场也随着人民生活水平提高而持续高涨；国外资本也敏感地涌入中国，来抢占医药市场。

从我省的大环境看，当时恰逢省委、省政府先后确立了"五点一线"沿海开发和建设沈阳经济区等重大发展战略。这不仅使本溪成为参与全省战略实施的城市，也将使位于石桥子的现代医药产业基地成为本溪与沈阳的节点和走向沿海的前沿。

从石桥子地理区位看，可谓得天独厚。本溪经济技术开发区位于辽宁省中部城市群——沈阳城市经济圈中心地带，北邻沈阳，南依母城本溪。从石桥子到本溪 21 公里，从石桥子到沈阳 43 公里，从石桥子到沈阳桃仙国际机场 30 公里。304 国道、沈丹高速公路纵贯全境，距丹东大东港 210 公里，距营口鲅鱼圈港 200 公里，距大连港 360 公里。

从本溪的自然资源看，本溪发展中药生物制药产业，有着独特的优势，本溪有 1200 万亩山地、925 万亩森林、大小 200 多条河流。不仅有着发展药业得天独厚的环境，更养育着 1117 种野生植物、动物、矿物药材，自然蕴藏量 2200 万公斤，总面积 80 万亩的药材种植园遍布各个县区[①]。

从人才资源来看，20 世纪五六十年代，本溪制药业便开始了初期的发展

---

① 郭丹 尤勇《高瞻远瞩的决策——中国药都建设与发展纪实之一》[N]. 本溪日报 2009-12-3（1）

阶段。几十年的医药产业发展历史,使本溪积累了众多的专业人才和产业基础,以及发展医药产业的经验,便于形成高起点、大踏步发展医药产业的坚实基础。

2008 年,是本溪药业发展史上具有里程碑意义的一年。这一年,本溪提出了发展旅游、现代医药和钢铁深加工三大接续产业。由一条腿走路,变成三条腿发展,调整本溪只依靠钢铁一个产业支撑经济的产业结构的发展思路。

辽宁省委省政府站在全省经济发展的高度,对这一思路予以充分肯定,明确提出:"举全省之力,支持本溪做大做强医药产业,把本溪建设成全国领先、世界先进的医药产业基地。"

时过不久,省委、省政府做出重大决策:将辽宁省的医药产业基地建在本溪,形成一个新的产业集群。

一场本溪历史上从未有过的攻坚战,从此拉开了序幕。

药都初期建设的难度令人难以想象,整体规划设计、巨额资金筹措、庞大的基础设施工程、项目招商、占地农民动迁等,几乎都要从零起步。

有多高的起点,就要面临多大的困难;面临多大的困难,就要鼓起多大的勇气。有了勇气,才会迎难而上,战胜困难。

面对困难和压力,本溪市委、市政府的声音是坚定的,建成"中国药都",本溪就将拥有钢铁产业之外的另一个经济支柱,绝不能错过千辛万苦得到的这个千载难逢的机遇,即使泰山压顶,也一定要让本溪经济社会发展搭上这班车,驶入快车道。

一时间,往日沉寂的荒山田野,成了投资创业的热土。一方面,塔吊的雄姿伴随着机械的轰鸣,一座座高楼大厦和现代化厂房迅速拔地而起。另一方面,一批批中外客商纷至沓来,带着资金,带着项目,落地生根。

"中国药都"作为本溪城市空间布局调整和产业结构转型升级的重要战略支点,承载着本溪老工业基地调结构、转方式,培育接续产业、拓展城市空间的历史使命。

从 2008 年省委、省政府做出"举全省之力支持本溪做强做大医药产业"的重大决策开始,历届市委、市政府始终坚持一张蓝图画到底,举全市之力以高新区为核心打造中国药都,确立了"中国药都、健康之都,沈本新城、生态之城"的发展定位，形成了"产业为重、科技支撑，大学为要、产城融合"的发展原则，凝练了"坚定信心、坚韧实干、坚持创新、坚决一流"的药都精神。培育了一个新兴产业，集聚了一批科技资源，打造了中国药都品牌，建设了一座生态新城。

2011年3月，本溪经济技术开发区更名为本溪高新技术产业开发区。仅仅过去一年，就被国务院批准晋升为国家级高新区。在揭牌仪式上，全国政协副主席、科技部部长万钢讲话，他说，"本溪高新区获批为国家高新区，是加速辽宁经济社会发展和加快'中国药都'建设的一件大事，体现了党中央、国务院对辽宁省高新技术产业化工作的高度肯定和殷切期望。有利于本溪进一步集聚创新资源，促进生物医药产业快速发展，加快资源枯竭型城市的发展转型，实现振兴东北老工业基地的目标"。

这10年的发展，可谓芝麻开花节节高。这里不妨细数一下：

2011年3月，本溪经济技术开发区更名为本溪高新技术产业开发区；2012年8月，晋升为国家级高新区；2013年6月，被科技部认定为首批10家国家创新型产业集群试点之一，是唯一的药业产业集群；2015年，获批国家电子商务示范基地、国家出口中药材及保健品加工质量安全示范区；2019年9月，与中国罕见病联盟合作创建了中国罕见病联盟创新药物成果转化基地……

尤其"十三五"期间，本溪高新区经济社会发展成效更加显著。这里有一组很有说服力的数据：

目前高新区有上海医药、上海绿谷、日本卫材、韩国大熊等国内外知名药企185家。其中：应税销售收入超亿元企业36户，其中超5亿元6户，超2亿元17户；税收超千万元企业13户，其中超5千万元2户，超2千万元7户；销售收入超亿元医药单品种8个。新三板和区域股权市场挂牌上市企业7家、拥有省级产业技术创新平台和重点实验室15个、累计培育高新技术企业数达到41家。

在科技创新方面，建成总面积10万平方米的中国药都创新园和创业园，在实验动物、安全评价检测等领域，组建国家级工程技术研究中心等16个专业技术研发平台，构建了3个省级以上技术转移示范机构和8个公共服务平台，每年企业研发投入 2 亿元以上，引进和培养 35 位省级以上专家，吸引各层次医药专业人才近千人，引进东北科技大市场，逐步建立全链条科技生态服务体系，助力企业培育内生动力，促进园区发展壮大。

在大学建设方面，沈阳药科大学、中国医科大学附属盛京医院本溪医药研究教育发展基地、辽宁中医药大学本溪校区、辽宁科技学院、辽宁医药职业学院本溪校区、辽宁医药化工职业技术学院共 6 所医药相关高校和校区落户高新区并投入使用，在校师生 4 万余人。同时，本溪高中北校区、省实验学校本溪分校、东方剑桥国际学校相继建成并招生办学，形成了学前教育、义务教育、高中教育、职业教育、民办教育到高等教育的全链条优质教育体系。

在沈本新城总体规划和建设方面，现在已经完成基础设施配套 40 平方公里，形成了"两纵三横"的园区路网，建成区面积达到 25 平方公里，相继建成客运枢纽站、沈丹客专、沈本产业大道、沈本医院、药都广场、行政服务中心等重大工程和生活服务设施项目，供水、供热、供气、供电、污水处理等基础设施日益完善，基本具备了 20 万人口的城市承载能力。

对药都未来之发展，药都人充满信心，他们提出药都今后的发展策略是："产业为重、科技支撑、大学为要、产城融合。"建设的总体目标是："中国药都、健康之都、沈本新城、生态之城。"要在"十四五"期间，打造"具有区域影响力的医药健康产业创新中心和沈阳经济区高质量发展新的增长极"，立足本溪市，联动沈阳经济区，成为沈阳现代都市圈最具发展活力的"科技城、卫星城、健康城"。到 2035 年，高新区进入中国生物医药产业园区 50 强，成为全国生物医药产业创新发展的示范区。

高新区领导充满信心地说："2022 年是'十四五'的开局之年，希望在前，路在脚下，我们要踔厉奋发、笃行不息，以奋进拼搏的昂扬锐气、时不我待的蓬勃朝气，凝心聚力加油干，全力开启高新区高质量发展的新篇章！"

经过十余年建设的中国药都，已初具规模，进入了大发展、快发展的关键期。光明在前，未来可期。

3. 孕育中的产业集群

20 年前，由于地工路的存在，人们对本溪的地方企业如数家珍。但是由于城市的发展、企业的搬迁、落后产能的淘汰，人们误以为本溪除了本钢，其他地方企业都不复存在了，其实不是这样。

人，都有一种怀旧情结。过去的地工路，烟囱高耸，厂房林立，车水马龙。当然，这个车不是汽车的车，而是自行车的车。每天早上，自行车的洪流汹涌而来，时髦的青年工人把车座拔得高高的，在人群中急速穿梭，引来姑娘们羡慕的目光。拥挤的公交车吃力地爬坡，拎着饭盒的行人匆匆赶路……这一切，早已是昨天的风景、往日的时光。

谁都知道，本溪是先有工厂而后有城市的，住宅、商店、学校都围绕工厂而建。人们习惯了机器的轰鸣、烟囱的尘埃、上班的拥挤。尽管艰苦，但因为有工厂在，他们心里就踏实，就可以每天上班、下班，开工资，哪怕这样的生活日复一日、年复一年。

但是，改革开放大潮让城市日新月异，而最大的变化，就是工厂从城市里一个一个地消失了，没有了高耸的烟囱，没有了机器的轰鸣。尤其是地工路，许多人走在那里，总免不了要感慨一番。因为当年那些鳞次栉比的工厂渐渐地消失了，人们有些不太习惯，甚至有些担忧了。

其实，人们多虑了，当年地工路上好一点的老企业并没有消失，只不过是换了一个地方而已。比如当年地工路上的锅炉厂、工具厂，现在就在石桥子高新区。坐 67 路公交车的时候，从路牌上就可以看到以那些厂子命名的公交车站。还有大家熟知的水泵厂，现在落户在桥北工业园区。园区里还有一个厂子叫本溪大有钨钼有限公司，其实就是当年的本溪钨钼厂。原来闻名全国的本溪三药，现在坐落在高新区，全名叫辽宁华润本溪三药有限公司。还有很多新成立的企业、从外地引进来的企业，其数量、规模、效益都远超从前。当然，也有一些大家熟知的老企业彻底消失了，那也没办法，因为时代发展了，改革深入了，科技进步了，落后产能必须淘汰，亏损企业必须关停。

我们欣喜地看到，特别是近十年，经过市委、市政府的努力，本溪的地方工业有了一个较大的发展，一大批企业在本溪这块土地上，生根发芽，开花结果。

近十年来，尤其在"十三五"期间，本溪大力实施"工业强市、文旅兴市、生态立市"发展战略，重点培育了钢铁冶金和装备制造、生物医药及大健康、文化旅游三个主导产业。打造钢铁冶金、生物医药及健康、装备制造、精密铸件、钢铁原材料、绿色建材、绿色食品、文旅康养、数字经济九个产业集群，经济发展质量效益持续提升，营商环境明显改善，新增市场主体 7.3 万户、"个转企"近 3000 家。高新区已集聚知名药企和项目 164 个，初步形成了创新发展的新引擎。

特别是 2022 年新年伊始，为深入落实全市开展"招商引资竞赛年"活动工作部署，迅速掀起"大抓招商、精准招商、服务招商、全员招商"热潮，各级领导率先垂范，下基层、走工厂、签协议、会宾客、考察洽谈、招商推介，推进一大批项目签约落地。全市招商引资工作重点围绕长三角、珠三角、粤港澳大湾区、京津冀等区域。结合区域协调发展及对口支援，进一步延伸触角，辐射全国。签约引进项目 190 个、签约额 232 亿元。推进实施投资 500 万元以上重点项目 506 个，建成运营 288 个。投资 3.6 亿元的北方恒达物流园实现试运营；投资 7.7 亿元的鑫曒生物质热电联产项目加快推进。推出新基建和新型城镇化重点项目 222 个，建成开通 5G 基站 738 个，实现城区 5G 覆盖，辽宁移动云省级节点落户本溪并上线运营。还有大雅河抽水蓄能电站、桓仁古城机场、本桓高速、溪田铁路电气化提速改造等项目前期工作取得阶段性进展[①]。

2022 年 1 月份，全市各级领导干部人不歇脚、马不停蹄，带头开展"走出去、请进来"活动 46 次，洽谈各类项目 39 个，签约项目 8 个，签约额 5.3 亿元。5 月 12 日，市里举行招商引资项目集中签约活动，一下子就签了 18 个项目，总投资近 41 亿元，涉及钢铁深加工、生物医药、旅游康养、资源再生利用等诸多领域。这些项目，为本溪产业发展和转型升级注入了新的活力。

2021 年本钢和鞍钢重组的时候，有人心里不太爽，好像自己辛苦养大的孩子，成了人家的媳妇，心里空落落的。其实大可不必，因为本钢只要没搬走，就永远是本溪的本钢，它还要给本溪缴税，它还要从本溪招工，它的职工还要在本溪生活，还要在本溪消费，它还是本溪的支柱产业。若要使本溪这个"中国钢都"名副其实，本溪的发展还必须依托本钢，全力发展本钢。在大力支持重组后的新本钢做大做强之外，还要全力发展本溪的钢铁深加工产业，吸引大企业、大资本、大项目进入桥北、东风湖园区。

为此，2022 年 1 月 24 日，《本溪市人民政府、鞍钢集团本钢集团有限公司"双本"融合框架协议》正式签署。可以这样说，钢地关系是本溪最重要的生产关系，钢地合作是本溪最大的生产力。过去如此，今天如此，未来依然如此。

从 2020 年发生疫情开始，三年中，本溪市一手抓严防严控，一手抓经济社会发展，保证工业经济正常运行，有力推进复工复产。开展了领导干部包联企业活动，上门问建议送政策、上门问需求送服务、上门问困难送帮扶，全力以赴帮助企业复工复产和释放产能，使得本溪工业经济运行，继续保持良性态势。

现在，全市各县区都有了自己的产业园区以及龙头企业。

拿平山区来说，他们的桥北工业园区现有本钢冷轧高强钢项目入驻，由本钢集团有限公司投资建设，总投资 100 亿元，年成品产量 255 万吨[②]。园区里

① 田树槐《2021 年本溪市政府工作报告》[N]. 本溪日报 2021-01-20（1）

② 卢山《"竞赛年"打响"发令枪" 招商引资启动"追逐模式"》[N].《本溪日报》2022-02-24（1）
　荀枢彬《我市举行招商引资项目集中签约活动》[N]. 本溪日报 2022-05-13（1）
　平山区外经贸局《桥北经济开发区招商产业目录 – 精品板材深加工》[R] 本溪市平山区人民政府官网（招商引资）2022-09-26

现在主要企业有本溪金桥焊材集团有限公司、本溪银龙预应力材料股份有限公司、本溪水泵有限责任公司、本溪大有钨钼有限公司、辽宁民盛重工有限公司、本溪明创实业股份有限公司、本溪东灏实业有限公司,以及福耀玻璃、力天机械、民盛橡胶、北方恒达物流园等众多企业,现已形成集聚效应。还有储量巨大号称亚洲第一的大台沟铁矿,虽然还在勘探和建设之中,但有很好的发展前景。

坐落在明山区的企业有:本溪热电厂、康顿门业集团、本溪铁厦商品混凝土有限公司、本溪市和兴再生资源有限公司、本溪市明山区馨利石灰石矿、本溪华日氟高分子材料制造有限公司、本溪市龙山泉啤酒厂、辽宁泰丰电气股份有限公司、本溪市富佳矿业有限公司、本溪三合钙粉有限公司、双盈新材料科技有限公司、正兴集团本溪车轮有限公司等。

你再到坐落在溪湖区的本溪市废钢铁加工配送基地去看一看,这个基地建于2017年,虽然建立时间较晚,却已经被全国废钢铁应用协会授予"全国废钢铁加工配送示范基地",是全国第一家由地市级主导打造的国家级示范基地。主要企业有欧冶链金吉和源再生资源有限公司、辽宁建发物资有限公司。溪湖区还有许多企业,如本溪矿业集团有限责任公司、辽宁公路水泥厂、工源水泥厂等。

南芬区有本溪龙新矿业有限公司、本溪聚鑫达集团、辽宁顺安消防科技有限公司、辽宁众达轧辊有限公司、辽宁高端金属材料有限公司、辽宁东方硅基新材料科技有限公司等。

在本溪县观音阁经济开发区,有德科斯米尔汽车电气公司、卡倍亿电气股份有限公司、辽宁华岳精工股份有限公司等一批围绕辽沈地区汽车整装车基地配套发展的汽车零部件制造企业,还有本溪玉晶玻璃有限公司、本溪龙宝集团有限责任公司、鑫暾生物能源有限公司。

桓仁县依靠自己的资源优势,近年来引进了天津天士力、北京同仁堂、上海医药集团、北京鹤年堂、祥云药业以及好护士等。冰葡萄酒产业发展迅速,桓仁现已成为继德国、加拿大、奥地利之外的世界第四个冰葡萄主产区。

这些仅是我知道名字的企业,那些我叫不上名字的,大大小小又何止数百上千呢。更何况,总不能弄个企业名录"以飨读者"呀。

总而言之，这十年来，本溪地方工业快速发展，国有的也好，民营的也罢，是它们撑起了本溪地方工业的框架，也是本溪经济发展的重要支点。

2022年新年伊始，为加快本溪地方工业的发展，本溪市委、市政府提出在未来几年深入开展"项目建设落实年、营商环境提升年、实体经济服务年、招商引资竞赛年、人才兴市推进年、重点改革突破年"活动。依托资源禀赋和产业基础，重点打造九个产业集群：钢铁冶金产业集群；生物医药及健康产业集群；装备制造产业集群；精密铸件产业集群；钢铁原材料产业集群；绿色建材产业集群；绿色食品产业集群；文旅康养产业集群；数字经济产业集群。

我们再来看看2021年9月28日《人民日报》在《实施"四大战略"建设"五个本溪"推动本溪振兴取得新突破》这篇报道中是怎么说的吧：

"未来5年，本溪市将抢抓机遇、突围赶超，奋力闯出一条高质量发展新路，努力形成营商环境好、创新能力强、区域格局优、生态环境美、开放活力足、幸福指数高的振兴发展新局面。

"建设实力本溪，推动经济综合实力实现新跨越。坚定不移做好改造升级'老字号'、深度开发'原字号'、培育壮大'新字号'三篇大文章，大力发展绿色矿业，推进铁矿超大规模超深井开采，发挥低磷低硫铁矿石（又称'人参铁'）资源优势壮大精密铸件产业、做精装备制造业，加快钢铁产业补链延链强链，打造国内一流的绿色智能钢铁原材料基地、高端装备制造及配套产业基地。拉长做大集生物药、化学药、现代中药、食品保健、医疗器械、医药物流、健康服务等于一体的医药及大健康产业链条，打造辽宁生物医药产业创新发展示范区。放大文化旅游资源优势，加快旅游资源整合、旅游环线建设和全域景区提质升级，创建国家全域旅游示范市。打造高质量项目群，促进一二三产业融合发展，构建现代产业体系，推进产业强市。

"建设活力本溪，推动振兴发展动能实现新释放。以市场主体获得感为评价标准，加快建设'办事方便、法治良好、成本竞争力强、生态宜居'的营商环境，下大力气优化信用环境、法治环境，打造信用本溪、诚信政府，营造良好的社会氛围。持续深化重点领域改革，稳步推进创新驱动发展，积极扩大对外交流合作，有效激发民营经济发展活力，为高质量发展注入强劲动力。深入实施'人才兴市'发展战略，构建更加开放的人才政策，实施更加有力的人才工作举措，加速集聚人才特别是中青年人才。"

　　蓝图已绘就，扬帆正当时。充满自信与憧憬的本溪人民，在市委市政府的领导下，为本溪"十四五"目标的实现，为未来本溪经济社会的发展，贡献自己的力量。

第三章 霜叶红于二月花

我今天有一个梦想

我梦想有一天

幽谷上升，高山下降

坎坷曲折之路成坦途

圣光披露，满照人间

——马丁·路德

1. 不辞长作本溪人

"好风凭借力，送我上青云。"这些年来，本溪旅游之所以取得巨大的发展，就在这"借力"二字上，正是"好枫凭借力，打好旅游牌"。

本溪的枫叶可谓得天独厚，正所谓"老天爷赏饭吃"。但是，"老天爷赏饭"并不意味着你可以无所作为，坐吃山空。就像一个人虽然具有别人无法比拟的天赋，但还要勤奋努力一样。有了得天独厚的枫叶、水洞等自然资源，还要不断开发、提升、拓展、宣传。否则，"酒香也怕巷子深"，也会"养在深闺人未识"啊。

2020年9月29日上午，一场秋雨过后，本溪县小市一庄的枫叶渐着红装。由省文化旅游厅和本溪市委市政府主办，市委宣传部、市文化旅游和广播电视局承办的"2020年全省秋季旅游启动仪式暨第十六届本溪枫叶节开幕式"在这里隆重举行。自1998年本溪市举办第1届枫叶节算起，至今已举办了16届。

有朋友问我，本溪枫叶的确很美，可是天底下有枫叶的地方很多，凭什么你们本溪就敢称自己为"中国枫叶之都"呢？

凭什么？你以为这是本溪自封的？不是，这个称号是国家授予的，是凭真本事赢得的。

那是在2011年9月27日，第8届东亚国际旅游交易会暨第8届中国本溪国际枫叶节在本溪市太子河畔开幕，国家林业局领导亲手将"中国枫叶之都"的牌匾颁发给本溪。

我至今仍然记得，那天，当本溪市领导接过牌匾时，全场一片欢腾。瞬间，五彩烟火腾空而起，四架滑翔伞在掌声和欢呼声中，将万千火红的枫叶撒向枫叶广场。

"中国枫叶之都"，多美丽、多诱人的名字。本溪成为全国首个也是唯一获此殊荣的城市，可以毫不谦虚地说，这是实至名归。

过去人们提起本溪，只知道，那是一个工业城市，出钢铁，冒黑烟，喘不过气，睁不开眼。其实，那都是老皇历了，本溪原本就是一个美丽的地方。而现在，则出落得更加水灵、更加美丽了。

我们还是先来看一组数字吧：本溪地处辽宁省东南部，森林覆盖率高达76.31%，这是一个什么概念呢？我们不妨比较一下，中国森林覆盖率最高的省份是福建，其森林覆盖率达63%。最低的是青海和新疆，还不到6%。我们辽宁省的森林覆盖率是40%，而我们本溪则高达76.31%，这样高的森林覆盖率在全国实不多见[①]。而且，其景色之美、空气之新，在中国，真可谓无与伦比。难怪本溪一举摘得"国家森林城市""国家园林城市"和"中国优秀旅游城市"三顶桂冠。

想想看，如此之高的森林覆盖率，如此火红的漫山枫叶，这难道不是大自然的厚爱和恩赐吗？

其实，本溪的枫叶不仅仅就是枫叶，它改变了一座城市，它催生出一座城市经济发展的新思路。自1998年以来，本溪以枫叶为媒，把藏在深山里的枫叶，撒向全国，让火红的枫叶，托起一座煤铁之城，把本溪由一元支撑的工业主导城市转变为多元支撑的现代城市。

为打造中国枫叶之都，这些年，本溪市委、市政府真是下了大功夫，花了大本钱，动了大心思。他们不干则已，干，就要大手笔，就要大制作。

这些年，本溪通过举办枫叶节、枫叶文化专家研讨会、枫叶景观摄影展、出版枫叶画册、征集歌唱枫叶的词曲等系列活动，不断挖掘和丰富枫叶的文化

① 于佳钰《全市森林覆盖率从76.24%攀升至76.31%》[N].本溪日报2021-01-20（1）
华经产业研究院《2020年全国31省（区、市）森林覆盖率排行榜：福建排名第一》[S].华经情报网2021-12-15

内涵，形成了独具本溪地域人文特色的枫叶文化，塑造"中国枫叶之都"的文化之魂；通过修建大型现代枫叶广场，在市内各主要景观地带安装带有"枫叶之都"公益性广告的标志，在主流媒体、旅游网站进行旅游资源推介和专项报道，打造"枫叶之都"这一旅游城市品牌；到北京和港澳台、欧亚等国内外多个城市推介本溪旅游产业开发项目，和国内外知名投资商及企业，就开发旅游地产、商业地产、老年地产（老年公寓）、果岭地产、温泉酒店、特色文化酒庄、休闲度假城等项目达成共识，并形成了项目规划、投资、开发、建设意向。

前面说到，本溪的"中国枫叶之都"的名字是国家命名，这只是原因之一，还有一个重要原因就是本溪的枫叶与众不同。

首先是色彩。这是因为树种的生物学特性决定了枫叶的色彩，但光照和温度是枫叶色彩转变的主要条件。本溪地区每到秋季，夜间温度易骤降，又很快变暖，白天阳光强烈，这样的话，在强烈的光照、低温和干旱等特有条件下，本溪的枫叶才那么红、才那么美。

其次，本溪地区的枫叶多以9角枫居多，9角枫本身就特别艳丽、特别红。这是其他地区所无法比拟的。特别是关门山最有名的"枫王"树，以叶红最早、叶落最晚、叶色最艳、角数最全、姿态最美而成为观赏枫叶的胜景；还有大冰沟景区的枫叶，姿态各异，种类繁多；而纬度高、霜期长，更是九顶铁刹山红叶色彩艳丽的气候优势。

说到枫叶的角，本溪的枫叶可用三个"独一无二"来形容：

一是种类之多独一无二。本溪枫叶种类百态纷呈，叶角从3角枫、5角枫到13角枫等多达16种之多。枫叶的颜色有杏红、猩红、血红，形有心形、扇形、掌形、五角形，是世界上不可多得的植物季节性景观。

二是分布之广独一无二。本溪市现有枫树面积26.5万亩，规模在国内首屈一指。在本溪19处国家级风景区中，有15处枫叶景观非常突出。在6个国家重点风景名胜区中，都分布有成规模的枫叶景观。全市千米以上山峰100余座，河流200余条，大中小人工湖20多座，都是赏枫的重要景区[①]。

三是景观之美独一无二。本溪的枫叶，借山魂，挟水韵，错落有致，层次

① 本溪枫红指数发布平台《中国枫叶之都——本溪》[N].《本溪日报·星期刊》2020-09-27（6）

分明。是立体的，是流动的，别具风格，韵味无穷。山坡、崖岩、溪畔，处处见枫叶的风采，雄浑中又多了几分娇柔，凝练中又暗含了几多深邃。那份雄浑，那份凝练，就让人觉得"停车坐爱枫林晚"也罢，"霜重色愈浓"也罢，所有描写枫的文字在本溪的红枫面前，都不能不"略输文采"。

说到枫叶，很多外地的朋友马上想到了关门山，其实除了关门山，本溪还有好多赏枫去处，老边沟、大石湖、龙道沟、大冰沟、枫林谷……真是观不完、赏不够。而其中最值得一游的就是"中华枫叶之路"。

本桓公路是在 20 多年前开通的。一开通，便像磁石一般吸引了大批亲近自然、关注森林的旅游、摄影爱好者。每到金秋十月，本桓公路沿线，漫山红遍，层林尽染，五彩缤纷，姹紫嫣红，尤其是新开岭隧道至大凹岭隧道 25 公里区间内，简直就是天然七彩大画廊。

有文人曾为本桓公路取名为"浪漫风情路"，也有人称之为"中华枫叶之路"。车行这条路上，你会看到漫山遍野的红枫，如旌旗招展，在阳光的照射下，红得耀眼。山势的变化，光线的变化，路的变化，使你感到一步一景，景景交叠。春天的时候，这里的映山红其实也很壮观，但因为是一花独放，便显得有些单调。而这深秋时的红枫，却与一个多彩的世界交相辉映。你看，枫是红的，松是绿的，杨是黄的，柞是金的，楸是深褐的……这姹紫嫣红的多彩世界，就是凡·高大师莅临，也会望而怯笔的。

说这里的枫叶好，是因为我把这里的枫叶和关门山相比较。如果说关门山的枫叶红得热烈，那么这里的枫叶就红得火爆、红得早、红得浓。在关门山，你可以被枫叶之美所感染、所陶醉。而在这里，你却要被红枫所癫狂、所震撼。关门山看的是细节，这里看的是场面；关门山如小家碧玉浅吟轻唱，这里如世界名模艳舞霓裳；关门山如国家大剧院里的京剧票友如醉如痴，这里如世界杯上的球迷如疯如狂。

尤其途中有一桥，桥下是一溪流，弯弯曲曲沿山脚延伸，溪两边全是枫树。岸边有一条凹凸不平废弃多年的牛车道，被青草覆盖着。你如果顺这条道向里面走上一段，那里的红枫则美得更加动人。尽管她亭亭玉立，伸手可得，但你却不忍心去碰她，如大街之遇美女，只可远观而不可近狎。还有几处枫树多得有些拥挤，如窈窕淑女拥在一起，高出的枝叶已经红透，如伞。而下面的则是淡红，如朝鲜族女孩小小的上衣，再往下是深黄，浅黄，如长裙。风一来，便翩翩起舞。真的，此时此刻，便是再沉静的一个人，也会被这红枫煽动得情绪昂扬起来。

其实，本溪让人陶醉的又何止枫叶呢？一点不夸张地说，本溪拥有中国全部的景系、景类和84%的景型，美丽的山水间广泛分布着丰富的旅游资源。山、水、洞、林、泉、漂和古人类文化遗址构成了本溪完整的旅游资源体系。

先说本溪的山。

本溪的山，虽不及三山五岳那么名满华夏，但却有自己的独到之处。比如坐落在桓仁满族自治县境内的五女山，作为高句丽王城之一，被列入《世界遗产名录》。这座山，四周悬崖峭壁，巍峨险峻，而山顶却地势平坦，一马平川。远远望去，像一只倒扣的大碗；而坐落在本溪市内的平顶山，古称横山，又叫青云山，历来为兵家必争之地。其山形和五女山极其相似，如同姊妹山；坐落在本溪满族自治县境内的九顶铁刹山，此山也非同小可，《封神演义》中姜子牙为破"风吼阵"，派散宜生、晁田文武二将，星夜前往"九顶铁刹山，八宝云光洞"借取定风珠。还有长眉李大仙在此修炼，杨家将后人杨金豹在此拜师习武，等等。铁刹山还是东北道教的发祥地，阅尽沧桑350余年，道士辈分已传至25代；坐落在桓仁满族自治县境内的老秃顶，号称"辽宁屋脊"，这里山高险峻，气候寒冷，极顶裸露，不生草木，故名老秃顶；至于关门山，其自然之美更是难以备述，它不仅有枫叶之美，更有奇峭山峰、绰约松姿、林立怪石、荡漾碧波，无论何时来此，都会让你流连忘返。

还有庙后山，此山在本溪满族自治县境内，是一处古人类文化遗址。据考证，庙后山人距今有50万年以上。2022年5月19日，本溪考古专家梁志龙先生在他的微信群上发了一篇短文：

"跟随《你听，文物在述说》摄制组，来到了久违的庙后山遗址，再次与50万年前的古人对话。我听见了祖先们打猎归来的脚步声，听见了洞内篝火燃烧的噼啪声，听见了打击石头制作工具的咔咔声，听见了男人和女人的做爱声，听见了婴儿诞生的啼哭声……

"人类啊，你走过洪荒，走过蒙昧，走过饥饿，走过残杀和友爱，走过战争与和平……

"走向文明吧，人类！"

小文虽短，含义颇深。

有山便有洞。本溪的洞，可谓天下无双。有水洞，有旱洞，洞洞神奇。著名的有本溪水洞、望天洞、八宝云光洞、怪石洞、滴水洞、天龙洞，等等。本溪水洞是迄今为止世界上已发现的可供连续乘船游览的第一长地下暗河，系数百万年前形成的大型石灰岩充水溶洞。本溪水洞洞口宽大、粗犷自然、云雾缭绕、气势磅礴，巨大的"迎客厅"可同时容纳千余人。洞内有水、旱两洞，相背而生。现已探明地下暗河长 3,000 米，水流曲折蜿蜒，清澈见底，终年不竭。洞内钟乳石，千姿百态，引人入胜。本溪水洞现已被纳入国家世界自然遗产预备名录；其他的洞如铁刹山的八宝云光洞，洞内有石龙、石虎、石蟾蜍、石莲盆、石木鱼、定风珠等八样珍宝；桓仁满族自治县的望天洞，其神奇之处就在于，看外表，其貌不扬，进其内，则变化万千，你会立刻被它的高、深、幽、远所吸引。下得洞来，是一处高大的厅堂，此时，若举目回望，你会豁然洞开，因为透过高高的洞顶，可窥见蓝天白云，所以此洞被称为望天洞；滴水洞在本溪市市区南老母岭西侧深谷之中，这里四周青山环抱，一条山涧溪流，穿过坚石峭壁，从 30 余米高的悬崖上，飞流直下，形成瀑布。到了雨季，则水量充沛，落瀑咆哮，声震翠谷。

有山便有水。本溪的水，可谓天下第一水，出于深山，水质清澈，没有污染。本溪有著名的太子河，有浑江，有辽宁第一大湖桓龙湖，有辽宁第三大湖观音湖，有世界最小的湖本溪湖，还有观山湖、高程湖、东风湖……太子河古称衍水、大梁河、梁水。燕太子丹派荆轲刺杀秦王失败，逃亡于此，后被其父追杀，死于衍水河畔，后人念及太子丹爱国情怀，故改河名曰太子河。本溪的温泉更是闻名全国，其中温泉寺依山傍水，环境幽雅，自明末以来，就是辽东著名的旅游、避暑和疗养胜地，也是本溪历史上最大的佛教文化活动中心。《奉天通志》载："寺前有温泉，曰狗儿汤，有冷热之泉，同时涌出，混成温水，适于澡雪。泉周甃石为池，远近来浴者，接踵于途。"这"狗儿汤"的名字来自清太祖努尔哈赤的传说，说他的爱犬身生疥癫，百般治疗，均不见效。后来发现爱犬卧在热泉之中泡痒，几天之后，竟然皮毛一新。努尔哈赤一高兴，将这温泉赐名为"狗儿汤"。后来他在宁远大战中受伤，也来这里疗养。今天，这里已成为人们旅游疗养度假之胜地。有文人著文称这里："松涛怒号，白云往来，人居其中，宛若蓬莱。"

有山便有石，本溪的石，更是天下一绝。本溪是国家地质公园，有人会说，地质公园不算什么吧，中国到处都是，有130多处呢。没错，只是别处的地质公园和本溪不在一个平面上，它们是以单一的景点或者遗迹入选，而本溪是以整个城市命名的国家地质公园。也就是说，它们是一处或者一块，本溪是整体，这在中国是独一无二的。本溪国家地质公园特点是：以岩溶、地层剖面、地质构造和地层接触关系所组成的地质遗迹为主体景观特色，结合隽秀、旖旎的山林、河湖风光和珍贵悠久的历史文化资源，集科考、科教、观光游览、休闲度假于一体，科学内涵丰富、地方特色浓郁、具极高美学观赏价值和科研价值的国家地质公园。在这里，你可以看到太古代、早元古代、晚元古代、古生代、中生代和新生代6个地质期地球演变的过程。可以看到太古代地球形成以来第一个地质演化时期，本溪地区发现的磁铁石英岩和火山岩（表壳岩）的年龄大于30亿年，属中太古代。也就是说，大家在本溪旅游时，脚下踩着的石头有可能具有30亿年的"寿命"。所以，本溪被称为"地学殿堂"还是名副其实的。现在，用本溪青云石、紫云石制成的辽砚以及极具观赏价值的本溪奇石，可谓一绝，价格一直在飙升，聪明人一定要抢占先机，赶紧收藏一块。

目前，本溪有5A级景区1个、4A级景区12个。同时，本溪还有世界文化遗产1处、国家级文物保护单位10处、国家级非物质文化遗产4项、国家级传承人3名、革命文化遗址178处。著名的东北义勇军纪念馆、抗联纪念馆都在本溪[①]。

10年来，本溪旅游产业的发展有目共睹，现已成为中国独具特色的一个

---

① 本溪市文化旅游和广播电视局《本溪新增2家国家4A级旅游景区》[Z]. 本溪市人民政府门户网站 2021-11-29

王雨亭《让世界深呼吸 本溪向世界发出"赏枫"之约》[Z]. 中央广电总台国际在线 2019-09-07

旅游品牌。枫叶和本溪已经融为一体，枫叶就是本溪，本溪就是枫叶。

但是本溪市委市政府并未满足，他们还要在旅游产业集群建设上花大力气、下大功夫，做大做强。现在，红色旅游、工业旅游、冰雪旅游、乡村旅游、研学旅游、康养旅游、购物旅游等，已经"粉墨登场"，而将来，还会有更多更好更精彩的"节目"让你惊艳。

当年庾澄庆有首歌《让你一次爱个够》，可是对本溪不行，因为本溪的风光会让你一次爱不够、一次玩不够。你会日思夜想，魂牵梦绕，来了还想来，来了不想走。

"日啖荔枝三百颗，不辞长作岭南人。"苏东坡的这句诗，今天我可要给它改一下了，"日赏枫叶三百枝，不辞长作本溪人"。

2. 红色传承

　　每当我来本溪县汤沟的靖宇石前，耳畔就会响起一首歌："我们是东北抗日联合军，创造出联合军的第一路军。乒乓的冲锋杀敌缴械声，那就是革命胜利的铁证。正确的革命信条应遵守，官长士兵待遇都是平等。铁般的军纪风纪要服从，锻炼成无敌的革命铁军。"这首歌的名字叫《东北抗日联军第一路军军歌》，是抗日民族英雄杨靖宇于 1936 年 7 月抗联第一路军成立之后创作的。

　　1936 年，杨靖宇率一军军部与一师部队会合，在这里召开师以上干部参加的重要军事会议，做出了组织抗联部队进行西征的重大军事决策。这首歌鼓舞了抗联将士的士气，表达了与日寇血战到底的钢铁意志和必胜信念。

　　转眼 80 多年过去了，抗联的歌声已化作林涛之声，在密林深处回响。

　　2021 年 9 月，党中央正式发布中国共产党人精神谱系第一批伟大精神，这些精神有：建党精神、井冈山精神、苏区精神、长征精神、遵义会议精神、延安精神、抗战精神、红岩精神、西柏坡精神、东北抗联精神……

　　接着，在 2022 年 6 月，党中央确定将东北抗联精神基本内涵表述为："忠诚于党的坚定信念，勇赴国难的民族大义，血战到底的英雄气概。"这个"基本内涵"的提炼和表述，充分体现了党中央对研究宣传阐释东北抗联精神的高度重视，是开展党史学习教育取得的重要成果。

　　当年的本溪不仅仅是烟雾笼罩的煤铁之城，更是抗联将士英勇杀敌的浴血战场。血性的本溪儿女在国难当头之际，高举义旗，舍生忘死，抗击日寇，让东洋鬼子见之心惊，闻之胆寒。

从 2019 年开始，国家民政部连续推出抗日英烈名录。有多名本溪人名列其中，比如：

邓铁梅（1892—1934），东北民众自卫义勇军第 28 路军司令，本溪县磨石峪邓家村人。

苗可秀（1906—1935），中国少年铁血军总司令，本溪县苗家村人。

李德恒（1897—1937），桓仁抗日救国会会长，桓仁县八里甸子村人。

隋相生（1880—1937），抗联 1 军第 1 师 4 团团长，桓仁县铧尖子乡人。

……

为缅怀英烈，传承抗联精神，2021 年 4 月，辽宁推出 10 条建党百年精品红色旅游线路，本溪有 8 处红色旅游资源名列其中。它们是：

东北抗日义勇军纪念馆、东北抗联史实陈列馆、抗联学院关门山基地、杨靖宇纪念馆、抗联第一路军西征会议遗址、本溪湖煤铁公司旧址、本溪关门山森林公园、桓仁五女山城。

其实，本溪抗联遗址何止这些，当年抗联英雄的足迹几乎踏遍本溪的山山水水。仅在本溪汤沟地区，就留下了很多抗联遗迹，如汤沟抗联西征会议遗址、杨靖宇将军休息的石头、抗联英雄宋铁岩牺牲纪念碑、抗联密营及地下战备指挥所等。其他如关门山抗联密营遗址和大石湖、老边沟、龙道沟等抗联密营遗址等。

当年本溪曾是东北抗联最活跃的地区之一，杨靖宇、宋铁岩、邓铁梅、唐聚伍等著名抗日将领和他们领导的抗联队伍在本溪留下了众多抗战足迹。特别是唐聚伍将军在桓仁高高举起东北抗日的旗帜，曾一度收复辽东 14 个县，歼灭日伪军 1.07 万人。唐聚伍殉国后，《新华日报》发表社论，称赞"唐聚伍将军是'九一八'事变后，揭起抗日旗帜的民族英雄之一"。

20 世纪 80 年代，本溪市委曾邀请杨靖宇当年的警卫员踏遍本溪的山山水水，确认了多处密营和战斗遗址，并立下碑记。目前，本溪拥有 71 处抗日遗址，包括 55 处抗联和 16 处抗战遗存纪念地，还有本溪湖工业遗址群，日本侵华所建的安奉、溪田两条铁路线和附属建筑，尤其是桥头和连山关地区留有较大规模日军侵华时期建筑群。连山关境内有日伪时期的建筑 54 处，至今 45 处保存完好，是国内罕见的日军侵华时期的建筑群落。

目前，本溪市有两座抗联纪念馆。一座是东北抗联史实陈列馆，另一座是辽宁东北抗日义勇军纪念馆。

东北抗联史实陈列馆位于本溪县县城小市汤河东畔，是全国抗联史实陈列专题中规模最大、史料最全的东北抗联史实陈列馆，也是辽宁省范围内第一个东北抗日联军题材的纪念馆。陈列馆以东北抗联重要历史事件、历史人物、历史战役为线索，通过大量的史料、照片、图表、文物、实物以及抗联浮雕、场景复原等陈列展示形式，全面、系统地反映了东北抗日联军 14 年的艰苦斗争历史，生动地再现了东北抗联与日本侵略者英勇斗争的历史，反映了抗联将士顽强的斗争精神和百折不挠的民族气节。

东北抗日义勇军纪念馆位于桓仁县北山公园内，纪念馆分为主题展厅、国歌原创素材地展厅、环幕影视厅及题词题字纪念展厅。其中包括日本对中国东北的侵略、东北抗日义勇军的兴起、东北抗日义勇军的发展、东北抗日义勇军坚持抗战及民族英雄名垂青史五个主题。

对于这些红色资源，近年来，本溪市加大了挖掘、保护和宣传力度，在红色文化与旅游产业整合上做出有益的尝试，修复、恢复了多处抗联密营遗址遗迹的同时，也丰富抗联精神的内涵。直到今天，还有很多人自发地到当年抗联遗址之地，去考察、发掘、保护这些红色遗址，传承抗联精神。

2022 年 5 月，本溪有一个新的公众号，引起人们的关注，这个公众号叫"本溪老区促进会"，这是一个旨在弘扬老区红色精神，传承老区光荣传统，挖掘、保护和宣传老区红色遗迹、红色历史和红色文化的公众号。本溪老区促进会开宗明义，就是要利用这个公众号"重温革命岁月，寻踪英雄足迹，汲取新力量、鼓舞新斗志，共同建设和展望老区更美好的明天！"。

公众号的开篇词可谓慷慨激昂，历数在本溪这块热土上洒热血、抛头颅的抗联英雄：

"靖宇'草根棉絮腹中充，宁愿饿死不投降'的铮铮铁骨令后人泪湿青衫；铁梅'五尺之躯何足惜，四省之地何时复'的铿锵绝唱未绝于耳；抗日将领宋铁岩、李红光、韩浩、李敏焕、苗可秀、李湘山、隋相生、解麟阁，以及无数的英雄本溪儿女，前仆后继慷慨赴死杀敌除寇保家园的热血余温犹存……"

这个老区促进会甫一成立，立刻风尘仆仆、马不停蹄地对我市两县的抗联遗址进行考察。

在本溪县，他们翻山越岭，不惧山路崎岖，来到本溪县隋相生烈士纪念碑、中共东南满省委密营遗址、东北抗联第一军第一次二次西征遗址、老边沟大捷遗址、杨靖宇纪念馆、宋铁岩烈士纪念碑等革命遗址、遗迹考察调研。

在桓仁县，他们冒雨进山，不顾山险路滑，考察了八里甸子刘家大院（抗联联合抗日会议遗址）、西河套抗联战斗遗址、仙人洞抗联及桓仁县委活动遗址、二层顶子山麓抗联遗址、抗联烈士陵园、抗联一师师长李红光牺牲地、抗联一师参谋解麟阁故居及牺牲地、二户来革命烈士陵园等。

他们还陆续考察了抗联在军事密营中修建的木棚、地窖子、石头房子、临时医院、印刷厂、被服厂、军需仓库等。还对先前发现的遗址进行发掘、测量、记录，以完善全市革命老区文物普查基础数据。他们头顶烈日，进行了田野调查和实地测量，还挖掘出了子弹夹、子弹头、日伪时期纽扣、细铁链残段、铁门环碎段、铁锅碎片、铁锹碎片、猪膝盖骨等军事和生活用品，佐证了抗联一军军部兵营在此地驻扎的情况。

除此，本溪近些年还涌现一批研究抗联的学者和作家，比如张正隆、姜宝才、刘玮等。

张正隆是中国著名报告文学作家，他历时20年，走访大半个中国，寻找在那个残酷的年代存活下来的抗联老战士，撰写了长篇报告文学《雪冷血热》，还原了中国东北14年的抗战史。这是一部沉甸甸的厚重的文学巨著，当你小心翼翼地把它捧在手里的时候，仿佛手捧的不是一部书稿，而是抗联战士不朽的灵魂；书中流淌的也不是文字，而是抗联战士们滚烫的热血。《雪冷血热》不仅仅是东北抗联英雄的交响曲，更是中华民族几千年的悲歌，是我们民族的自尊、自信，更是骄傲。

和张正隆一样，姜宝才也是军旅作家，本溪市作家协会会员，他较早地把创作的目光转向东北抗联，出版了长篇小说《头颅》《一只来自北方的狼》，随笔《伯力大审判》《关东大屠杀》《死不瞑目的赵尚志》《英雄记忆》等。他在 2004 年赴长春拍摄文献专题片时，在长春市郊的般若寺内找到了赵尚志将军的头骨。这个发现，是抗联史研究中的重大发现，也是对英雄的告慰。他的长篇散文《第二种呼吸》，深情地描写了赵一曼、杨靖宇等抗联英雄鲜为人知的故事。他的《抗联记忆》，在喜马拉雅播出。他的《寻找英雄的头颅》在央视 7 频道播出。他还常参加电视节目、公益讲座等，向人们讲述抗联 14 年艰苦卓绝的抗战史。

刘玮是本溪市作家协会副主席、本溪县作家协会主席，他经过几年的调研和走访，撰写了一部感人的《本溪抗联故事》。本溪是杨靖宇率领的抗联一军的抗日游击根据地，自 1934 年革命军独立师进入本溪，到 1939 年开始战略转移，离开本溪，在本溪地区战斗长达 5 年半之久。其间他们在本溪人民的支持下，放手发动群众，发展党的组织，组建广泛的抗日民族统一阵线，采取灵活机动的战略战术消灭敌人，组织两次西征，取得了梨树甸子、摩天岭等大捷，留下了许多可歌可泣的故事。刘玮这部书以小故事的形式，再现了当年抗联英雄在艰苦卓绝的环境中，坚持抗日，誓死不做亡国奴的民族气概。

本溪还有许多作家，如方朔、刘兴雨以及诸多诗人，创作了大量的反映抗联的文学作品，在社会上产生极大的反响。

不知大家是否还记得，2015 年 9 月 3 日，是中国人民抗日战争暨世界反法西斯战争胜利 70 周年纪念日。在天安门广场的阅兵式上，出现一支"东北抗联英模部队"的徒步方队。这个方队的出现，表明了我们党对抗联历史功绩的肯定，是对抗联将士的最大褒奖。

过去，我们一提到革命老区，就想到井冈山、陕北、沂蒙山、大别山……而现在，我们脚下的这块土地也是革命老区，我们就是抗联的传人，抗联精神就要在我们身上发扬光大，并将其传播开去。所以，作为本溪人，发掘抗联遗址，保护抗联遗迹，开展红色旅游，创作抗联题材作品，就是对抗联精神遗产的继承，就是对抗联精神的传递。

前些年桓仁县曾出版一套丛书，其中有一本《国歌原创素材地》，书中详细介绍了中华人民共和国国歌歌词产生的来龙去脉。最后令人信服地得出结论：

"桓仁是国歌原创素材地，国歌的主题故事发生在桓仁，国歌歌词素材取自桓仁。"抗日英雄唐聚伍当年誓师桓仁，高举义旗，发表《告武装同志书》，以及他们的英勇抗战故事，给了田汉歌词创作的灵感和借鉴。

　　起来

　　不愿做奴隶的人们

　　把我们的血肉

　　筑成我们新的长城

　　中华民族到了

　　最危险的时候

　　每个人被迫着

　　发出最后的吼声

　　起来　起来　起来

　　我们万众一心

　　冒着敌人的炮火前进

　　冒着敌人的炮火前进

　　前进　前进　进

　　这就是我们国歌的歌词，也叫《义勇军进行曲》。它就是因东北的抗日义勇军而诞生，它就是在我们脚下这块大地孕育。

　　而今天的我们，就是国歌的传人、义勇军的传人、抗联的传人。当红色之旅在我们这块大地铺开的时候，我们看到的是，抗联精神的传承和民族的伟大复兴。

3. 弥足珍贵的工业遗产

2017 年本溪湖工业遗产群入选中国 20 世纪建筑遗产名录。

入选这个名录的条件是比较苛刻的，有三个硬性条件：一是 20 世纪中国社会巨变的见证物和载体；二是百年中国建筑智慧的结晶和文化写照；三是 20 世纪文化发展脉络的重要节点。

我们一起来看看和本溪湖工业遗产群一起入选的都有哪些重要建筑吧：人民大会堂、人民英雄纪念碑、北京火车站、中国革命历史博物馆、中山陵、武昌起义军政府旧址、钱塘江大桥、延安革命旧址、鼓浪屿近现代建筑群、黄埔军校旧址、庐山会议旧址及庐山别墅建筑群……这些建筑可谓群星闪耀，哪一个不赫赫有名！

本溪湖工业遗产群主要就是本钢一铁厂以及一铁厂周边的建筑，包括本钢一铁厂旧址、本钢第二发电厂冷却水塔、大仓喜八郎遗发家、本溪湖煤铁有限公司旧址、本溪湖煤铁公司事务所旧址、本溪煤矿中央大斜井、东山张作霖别墅、本溪湖火车站和彩屯煤矿竖井等。丰富多样的工业遗产，形成了具有工业特色的公共景观文化。

本钢一铁厂始建于 1905 年，至今已有一百多年历史。本溪曾被誉为煤铁之城，可以说没有钢铁和煤炭，就不会有本溪这座城市。厂区内的一、二号高炉是我国现存的最老的高炉，同时也是我国现代化高炉的鼻祖，在我国冶金史上有着极其重要的地位。2008 年 12 月 17 日，本钢一铁厂被正式关停。那天本钢还举行了一个仪式，很多曾在这个厂工作了一辈子的老工人流下眼泪。

对于像李茂章这样在一铁厂打拼了半辈子的老人，他们心中有太多的不舍，他们说，"总合计着关停是件好事，要能把这里留下来给后人也是十分有意义的"。

几年前，市委宣传部组织作家撰写和出版了《铁水奔流的年代——本钢一铁厂口述史》一书，我当时采访了包括吴太勋、李茂章、朱祖积在内的十几位一铁厂老工人。现年80多岁的吴太勋1955年毕业于鞍山钢铁学院炼铁专业，毕业后分配至本钢一铁厂，担任炉前工、值班工长、值班主任。1983年担任一铁厂的厂长，1992年兼任党委书记。

他说："我是土生土长的本溪人。1955年从鞍山钢铁学院毕业分到了本钢一铁厂，从实习工开始干起，就在高炉前。那时虽然很艰苦，但我们这些人没有一个有怨言的。就这样一点一点地熟悉炉前的工作，很快就做了值班工长、炉长、值班主任、车间主任。在炉前摸爬滚打干了将近30年后，到1982年开始担任生产副厂长，过了4个月，当了一铁厂的厂长。又过了10年，在1992年的10月又兼任了党委书记，这样书记厂长一肩挑。

"我的经历大致就是这样。说心里话，我不太愿意接受你们的采访。一铁厂现在没有了，心里特别不好受，有时想想自己都落泪。

"我对一铁厂的感情太深了。你想想，我在那个厂工作了40年。我熟悉那里的一切，包括一草一木，熟悉每一个角落，甚至做梦也常常梦到一铁厂。可是现在，这个厂已经不在了，听说现在已经破败不堪了。真的，我一次都没回去过，因为我不忍心看到一铁厂现在的样子。一个有那么多光荣历史的大厂子，说没就没了。不好意思，我真的控制不住眼泪，没办法。

"但是时代发展了，社会进步了，有些落后的东西就必然会淘汰，这是规律，细想想，也是好事。利国利民，本溪空气好了，老百姓生活质量提升了是好事。而且国家还投入大量资金对一铁厂遗址进行保护，做得对。等遗址博物馆建好了，我一定回去看看。"

朱祖积，曾任本钢一铁厂技术开发室主任，高级工程师。他说："我今年快80岁了。我是1962年从江苏淮阴工业机械专科学校毕业的，毕业后就分配到了一铁。我是南方人，却在本溪这里一待就快 60 年了。

"我和很多老同志一样，一铁厂关停了，不忍心去看。有一次，我好不容易鼓足了勇气，走到一铁厂大门口，却没有勇气走进去，叹口气，便又回去了。就这么矛盾，你想想，几十年的感情，一下子怎么割舍得了？去看，不忍心。不看，心里还挂着。

"其实，让一铁厂停下来是件好事，为了环保嘛。现在上上下下都对环保高度重视，停下来之后，溪湖的空气好了，本溪的空气好了，又重见蓝天白云了。这是社会的进步，是必然的趋势。之所以让我们感到可惜，就是因为咱这个厂是百年老厂，是中国钢铁工业的根，有保留的价值。不过还好，现在在这里建一个工业遗址博物馆，留给后人一个纪念，也算对得起我们这些在这里奋斗了几十年的老职工了。"

本钢一铁厂被保留了下来，对本溪人尤其那些在一铁厂奋斗了一辈子的老工人是一个交代，也是对中国钢铁工业历史的一个交代。但是在停产之初，若不是本溪一些有识之士的呼吁，若不是一些有远见的领导敢于担当，一铁厂很可能就从本溪这块土地上消失得无影无踪了。我当时是市政协委员，参加了市政协多次组织的对一铁厂的考察和与有关部门的对话，很多人对一铁厂遭到破坏非常气愤。那些主张拆除的人，他们不知道工业遗产在中国、在我们民族历史中的意义，不知道世界上是怎样对工业遗产进行保护的，不知道我们国家对工业遗产的重视和保护。也许他们认为一个关闭的老旧炼铁厂，已经完成了它的历史使命，没有保留的价值，还要增加维护经费，不如开发房地产，可以大赚一笔，因为那些年正是房地产火热的年代。在他们看来，开发房地产对本溪 GDP 的增长会有所帮助呢。

本钢一铁厂工业遗产之所以能得到保护，从另一个侧面也说明了本溪市有一大批有识之士，在这个城市需要的时候，他们能够勇敢地站出来，敢于发声，他们以对历史、对城市、对人民负责的精神，使一铁厂得以保护。

2010 年 7 月，受国务院有关领导委托，国家文物局时任局长单霁翔同志率国家文物局文物保护司、社会文物司的同志到本钢一铁厂进行了专题考察。他感慨地说："钢铁是本溪城市之本、之根、之源、之魂，这是本溪应该引以为自豪的。本溪具有中国最早的工业辉煌，同时本溪又是新中国重工业的奠基石。本溪湖工业遗址群具有独特的魅力，是历史对城市的宝贵记忆。因此，本溪湖近代工业遗址群的保护应该更有特点。"

他说："我在来之前看材料，感到很兴奋，很有震撼力。可是来到了现场以后，我越看心里越沉重，心情确实不太好。烧结、焦化车间都拆了，拆除得太多了，尤其是二号高炉被拆除很遗憾。"

接着，单霁翔话锋一转说："但是，随后的参观我又高兴起来，还有很多东西还在。不要看破破烂烂，建好后和花园一样漂亮，它记录了一段百年跌宕的历史。"

最后他强调说："从现在起，应善待本溪湖工业遗址群。目前保护任务迫切而繁重，不能再让高炉和附属设施遭到破坏了，本钢一铁厂不要再拆了，一钢一铁、一砖一瓦、一草一木都不要再动了……要全力保护好它，争取申报世界文化遗产，使之成为本溪乃至东北发展的新动力、新亮点。"

2013 年 3 月，"本溪市工业遗产群"正式被国务院批准列为第七批全国重点文物保护单位。这个本溪市工业遗产群包括：本溪钢铁（本钢）一铁厂旧址、本钢第二发电厂冷却水塔、大仓喜八郎遗发冢、本溪湖煤铁有限公司旧址（小红楼）、本溪湖煤铁公司事务所旧址（大白楼）、本溪煤矿中央大斜井、东山张作霖别墅、本溪湖火车站和彩屯煤矿竖井。

为保护好这个遗产群，本溪市公安部门成立了工业遗址博览园的联防分队，溪湖公安分局抽调了 8 名警员，组成一个 24 小时的巡逻组，4 个班次，轮流倒班。1986 年出生的洪志涛，小时候的家就在一铁一号高炉的斜对面，他的爷爷、爸爸都曾是一铁的工人。他的工作就是在一铁厂的厂区里巡逻，遇到捡废铁的老人，就上前劝阻，不让他们对一铁造成二次伤害；看到有前来拍照的人，就劝阻他们不要爬到高炉上去拍照。他还会主动向那些参观的人讲述本钢一铁的历史。

洪志涛说，"这里的一块铁、一块钢都带着历史的烙印，我有责任好好守护"。

第四章　千树万树梨花开

我相信

梦想就是最好的信仰

它指引着我向前

让我不再彷徨

——泰戈尔

1. 人可以两次踏进同一条河流

2013 年，本溪高中考生刘丁宁的一条爆炸性新闻，令全国的考生家长瞩目、咋舌。

原来，在 2013 年的高考中，刘丁宁不仅考取了 668 分的高分，成为辽宁省的文科状元，被香港大学录取，而且还有 72 万港币的奖学金。这是谁家的孩子？真令人羡煞。可是，时隔不久，正当众人惊叹未已之时，刘丁宁却突然杀了个回马枪，她不喜欢港大，她想去北大。

刘丁宁给出的理由是：报港大，是父母和老师的建议，他们希望刘丁宁去香港大学读金融，将来就业前景好。可是，刘丁宁偏偏对国学情有独钟，她就希望去北大。

到手的鸭子你却放手让它飞了，那么好的香港大学你放弃了，要去北大，你哪来的自信？

我是 20 世纪 80 年代初大学中文系的毕业生，一生都从事文字工作。我知道，考试无常，写文章不是做数学题，偶发的状况太多，就是李白的诗也有白开水，就是再不优秀的诗人也有超常发挥。高考更是如此，尤其每年的作文题目都不一样，谁敢保证必拿高分？高考，那可是千军万马过独木桥，谁知何时会斜刺里杀出一彪人马？

可是，刘丁宁就是刘丁宁，她毅然返回本溪高中复读，2014 年再赴考场，还是全省文科第一。什么是实力？这就是实力！什么是学霸？这就是学霸！

刘丁宁如愿以偿进了北大，她说："其实高考就像小马过河，没有老牛说的那么浅，也没有松鼠说的那么深，只有经历过的人才会知道。"说得多轻松！

2014年初秋，北京大学中文系开学典礼，刘丁宁走上讲台，她代表新生发言：

尊敬的老师，亲爱的同学们：

大家好！

首先，感谢系里的信任。很荣幸和大家分享我的一点感想。

在我心里，北大中文系打动人的，不只是浸润书卷香的人文环境，更是前辈型范、师长传承的人格修养。

我想谈一谈，我心中的中文人应具有的特质：

首先，一个真正的中文人，绝不仅应在学问上日益精进，更应有对理想人格的追求。对于我们学生来说，不必成为高不可及的圣人，也不必成为博学渊雅的大师。不妨从身边小事做起。来自天南海北的我们，由于成长环境、生活经历的差异，难免形成不同的价值观念、生活方式。对于与自己不同的思想行为，能够给予尊重理解，不也是"礼"吗？对于别人的不尊重不理解，尽量宽恕、包容，不也是"仁"吗？这些看似简单，实则不易。但至少我们应有意识地努力，不断砥砺德行修养。成为真善美的践行者，推己及人，像一朵朵小小的茉莉，朴素平凡，却在悄然无声中芬芳周围的一切。

其次，一个真正的中文人，应有对自己事业的信心与坚守。一个由内而外的中文人，对外待人，温润谦诚；对内待己，恬淡自喜，不盲从周围人的价值观念，不追求外在生活的舒适安逸，独立思考判断，秉持对精神世界的热爱探求。面对他人形形色色，看似光鲜华丽，热闹有趣的生活，不为所动。因为你将获得的，是一个更为美好的灵魂世界。

......

这一段发自内心的对国学挚爱的宣示，出自一个刚刚走出高中校门的学生。而她对"中文人"的认知已经到了如此的高度。所以我在佩服刘丁宁有这样的思想和学识之外，更佩服本溪高中能教出这样优秀的学生。

现在，刘丁宁已经以优异的成绩考取了北大的博士。

古希腊哲学家赫拉克利特说过："人不能两次踏进同一条河。"为什么？因为："太阳每天都是新的。"但是这个伟大的定律，被我们的本溪女孩无情地打破了，她就是在这高考的路上，两次踏进同一条"河流"，两次都是辽宁省的文科状元。

如果说，刘丁宁是站在了象牙塔的尖顶之上，那么她的下面会有一个庞大的优秀学子在支撑，因为她不是空中楼阁。

别的不说吧，仅仅说一下刘丁宁考入北大的2014年，他们那一届的学生录制了一个视频，给2015届即将参加高考的学弟学妹们打气。

这是本溪高中的惯例。

参加拍摄这个视频的94名学生，全部来自2014年的本溪高中的考生，由刘丁宁领衔，其中北大学子最多，有17人；清华有15人；浙大有13人；此外还有中国人民大学、复旦大学、中国政法大学、新加坡国立大学、多伦多大学等，这阵容，可谓超豪华[①]。

本溪高中，真是神一样的存在。

往年不论，单表2021年，全国196所高中考上北大清华的人数，本溪高中排在36位，碾压沈阳所有的重点高中，只比大连24中学少了2人。

要知道，沈阳人口800多万，大连人口700多万，而本溪人口才不到150万。

要知道，全国有直辖市4个、省会城市28个、计划单列市5个。人口200万以上的城市50多个，城市总数600多个。而本溪以如此少的人口，为国家贡献出这么多的优秀人才，实在是功莫大焉。

许多人的眼光始终盯在GDP上，总是以GDP作为城市的排名，这是一种短视。

有些人对本溪的教育存在误解，认为忽视了素质教育，把人变成高考机器，这是酸葡萄心理。

其实本溪的教育始终走在改革的路上，始终关注教育公平，始终关注学生的全面发展。始终以立德树人为根本，始终在努力落实"双减"工作政策。特

① 李子平《94名"老"学霸为学弟学妹加油》[N]. 华商晨报 2015-06-05(1)

别是在教育集团化办学改革方面，取得显著成果，受到老百姓的普遍赞誉。到目前，已组建包括联丰小学教育集团，以及市高级中学、实验中学、实验小学教育集团等在内的 16 个教育集团，发挥优质教育资源的辐射带动作用，建立教育集团各成员校教师轮岗交流制度，有效缩小了区域、城乡、校际差距，使全市义务教育学校教育质量和办学水平得到整体提升。

本溪的老百姓对此充满了期待，在他们看来，这样的改革，对普通老百姓最有利，也是教育公平的一种体现，未来本溪将有更多的学子走进全国名校。

"十年树木，百年树人。"法国作家巴尔扎克说过一句话："从平民到贵族，需要三代人的努力。"我们不是培养贵族，我们是培养优秀学子，但是一个优秀学子也是需要几代人的努力的，起码需要这个城市有深厚的文化底蕴，所以这个地方才会地灵人杰。这里不妨再举一些本溪的名人。

刘洪强，2003 年以辽宁省高考理科状元的身份考入清华大学，2010 年取得清华大学硕士学位，2014 年取得美国耶鲁大学博士学位，现就职于美国西雅图的微软研究院。还有王大能、钱江，都是欧洲核物理研究中心的著名专家，他们都是本溪高中的学生。

李下，从本溪高中考入北京大学中文系，中国著名杂文家、评论家。曾任《求是》杂志文化编辑部主任，《家事》杂志社长兼主编，北京市杂文学会副会长，中国作协评论委员会委员，中国视协评论委员会委员。

李雪琴，从本溪高中考入北京大学。现在是网红，脱口秀明星。她说"进高中前，我没想过要考清华、北大这种学校。可一进本溪高中，我发现这所高中的学生都是冲着清华、北大去的"。

李侃，辽宁本溪人。杰出出版家，著名历史学家，古籍整理和传统学术文化出版战线优秀领导干部，全国政协学习和文史委员会原副主任，中国史学会原副会长，中国现代史料学会原会长，中华书局原总编辑，香港中华书局原董事长。

张良，辽宁本溪人，国家一级导演。出演影片《董存瑞》《林海雪原》《三八线上》《碧空雄师》等。1962 年主演电影《哥俩好》，获第二届电影百花奖最佳男演员奖。"文革"后，张良执导的电影《梅花巾》获第七届开罗国际电影节荣誉奖;《雅马哈鱼档》获文化部优秀影片二等奖,中国电影金鸡奖最佳美术奖;《少年犯》于1986年获第九届电影百花奖最佳影片奖、广播电影电视部1985年优秀影片奖;《特区打工妹》获广播电影电视部优秀影片奖;2005年被国家人事部、广播电影电视总局授予"国家有突出贡献电影艺术家"荣誉称号。

赵葆华,辽宁本溪市人,中国电影文学学会副会长。作家、编剧,电影剧本《我的法兰西岁月》获得第7届夏衍电影文学奖一等奖。一生创作影视文学剧本30部,皆拍成影片和电视剧,发表影视评论文章数百篇百余万字。

苏晨,辽宁本溪人,历任《沿海大文化报》总编辑、花城出版社副社长、副总编辑,广东省出版局编审委员会主任,财富杂志社社长、编审、研究员。

苗海忠,辽宁本溪人,毕业于中央戏剧学院。1987年,因燕舞广告,红遍全国,被称为"燕舞小子"。后出演电视剧《还珠格格》《雍正王朝》《谁撞了我自己》《女神捕》《隋唐演义》《多少爱可以重来》等。

田雪原,辽宁本溪人。人口经济学专家,原中国社科院人口所所长,中国社科院首届学术委员会委员,中国社科院老年科学研究中心常务副主任。

杨坚白,辽宁本溪人,1932年参加革命,1954年调到国家统计局,主管全国国民收入计算和国民经济综合平衡统计工作,是国内国民经济统计和综合平衡工作的首创者。

还有一位,他是哈文的父亲,李咏的岳父。李咏在自传《咏远有李》中写道:"和哈文家人一起聊天,我才知道她爹不简单,是一位中共高干。二十多岁的时候,就被任命为本溪市税务局长,1958年赴宁夏负责成立回族自治区的筹备工作。两份委任状都是时任政务院总理周恩来的亲笔手书。"

至于著名的作家艺术家就更多了,有著名的评书表演艺术家田连元、画虎大师冯大中、报告文学作家张正隆。还有闻名全国的"美术现象""杂文现象",就恕不赘述。这里单说一下网络文学作家,这是一个新兴的文学创作群体。一般说来,南方的网络作家比较活跃,北方的网络作家比较滞后。但是这几年,本溪的网络作家可谓异军突起,影响日渐强劲。

网名"低调的666",本名姜鹏,是一位有代表性的网文作家。80后,当过兵，现在本钢工作。主要作品《官方救世主》《老弟，作妖呢》等，从月收入过万到月缴税过万，他的作品经多渠道改编取得了总量超过7亿点播的成绩。

网名"玖零肆"，本名张钰东，90后，做过大学生村官。主要作品《失落城镇》《我的北京姑娘》。《我的北京姑娘》成功完成了有声改编，获得过月票榜前十名、新书榜第三、火星小说打赏榜第一的优秀成绩。现在张钰东在多渠道同时连载《让我再次拥抱你》和《站在岔路口的小镇青年》两部作品。

苗芮卿也是一名80后，2013年创作了100万字的《鬼出棺》，获得2020年喜马拉雅有声书新书榜第一名，订阅6，200万人，改编销售近百万元。2019年以中国传统神话为纲，创作了冒险类题材《神话禁区》，获得全国网文百强。同年苗芮卿入围橙瓜网见证网络文学20年，获得十大高手称号。之后他的新作《大先生》获得"鹤鸣杯"全国16强。

这三位网络写手，未来可期。

本溪还是出体育人才的地方。自1977年朱云香在第32届世界乒乓球锦标赛上与张立、葛新爱、张德英并肩作战夺得女团冠军以来，本溪籍运动员在国际赛场上共有9人26次获得冠军，先后向省和国家输送优秀运动员872名。

比如女子举重第一代国手高丽娟，自行车名将郭龙臣，竞走世界冠军王妍，世界青年锦标赛铁饼冠军吴涛，奥运会亚军中国女篮名将李昕，辽宁男篮名宿接君、边强，北京奥运会200米蝶泳金牌获得者刘子歌、长野冬奥会亚军徐囡囡、世界锦标赛冠军李妮娜、中国女足守门员亚洲杯冠军朱珏等。

对后几位体育明星我想多说几句。

李妮娜，中国在2015年7月31日申请2022年冬奥会举办权时，本溪姑娘李妮娜作为形象大使，用英文向大会陈述。李妮娜是中国自由式滑雪空中技巧第一个世锦赛冠军，第一个世界杯总决赛冠军，第一个世界排名第一。

徐囡囡，在1998年长野冬奥会上夺得一枚宝贵的银牌，为中国在雪上项目中取得了历史性的突破。从1996年参赛以来，她已经在世界杯、冬奥会、亚运会等大赛中获得1个冠军、7个亚军。在2002年世界杯的系列比赛中，徐囡囡连续夺得美国站和加拿大站的亚军，成绩相当喜人。

朱钰，女足守门员。2022年的大年初一，本来一个快乐的春节，但是因为中国男足在这一天输给越南队，搞得人心堵。但是几天之后，"2022女足亚洲杯"决赛，中国女足以3比2逆转韩国女足获得冠军。这个冠军得来不易，是在战胜强队日本女足之后，挺进决赛的。尤其在和日本女足那场惊心动魄的点球大战中，朱钰沉着冷静，反应迅速，扑出日本队两粒点球。决赛面对韩国队，朱钰更是上演多次关键扑救。中国女足本届亚洲杯的5场比赛中，朱钰4次出场，多次扑出险球，可谓居功至伟，被评为亚洲杯最佳守门员，当之无愧。

最后还想再说说篮球名宿李昕。2022年9月30日，中国女篮以61:59击败东道主澳大利亚，打进世界杯决赛，狂喜的球迷不能不想起28年前的神奇一幕。同样是在澳大利亚悉尼，同样是对阵澳大利亚女篮，同样是以罚球准绝杀的方式淘汰对手，主罚的便是我们本溪姑娘李昕。而且李昕全场比赛拿下16分6助攻，帮助中国队在半决赛中以66比65险胜澳大利亚，首次杀入世锦赛决赛。退役后李昕做了教练，曾是中国篮坛历史上最年轻的主帅，也是CBA历史上第一位女性主帅。

看到这些，你不觉得本溪这地方"钟灵毓秀""十步芳草"吗？

2. 地灵人杰

也许有人会说，你说的这几个人都是文化艺术界的、体育界的，那些科技界的怎么没有你们本溪人呢？

有啊，本溪高中的王大能、钱江等都是欧洲核物理研究中心的著名科学家。2003 年辽宁省高考理科状元刘洪强，2010 年取得清华大学硕士学位，2014 年取得美国耶鲁大学博士学位，现就职于美国西雅图的微软研究院。

也许有人说，这样的人才不能算，因为他们供职在国外。

那好，国外的不算，国内的本溪也有。中科院院士、工程院院士应该算是顶级的吧？

我在中国工程院官网查了一下，中国工程院院士一共有 965 人，其中本溪籍院士有 3 人：

张杰（1938—），辽宁省本溪市人，给水排水工程专家。1962 年毕业于哈尔滨建工学院，1985 年毕业于日本大阪大学获工学博士学位。中国市政工程东北设计研究院高级工程师、特聘总工程师、哈尔滨工业大学教授，1997 年当选为中国工程院院士。

李松（1963—），辽宁省本溪市人，药物化学家。1992 年毕业于吉林大学，获博士学位。现任军事科学院军事医学研究院毒物药物研究所研究员，2015 年当选为中国工程院院士。

高金吉（1942—），辽宁省本溪人，设备诊断工程专家。1966 年毕业于北京化工学院，1993年获清华大学工学博士学位。北京化工大学教授，校学术委员会主任。1999年当选为中国工程院院士。

我又在中国科学院官网查了一下，中国科学院院士一共有854人，本溪有2人。

陈晓非（1958—），辽宁省本溪市人，地球物理学家，中国科学技术大学地球物理学教授，南方科技大学讲席教授，地球与空间科学系系主任。2015年12月当选中国科学院院士。

张希（1965—），辽宁省本溪市人。1992年毕业于吉林大学化学系，获博士学位。2003年，受聘为清华大学化学系教授、博士生导师。2018年12月担任吉林大学校长。2007年当选为中国科学院院士。

还有一位院士叫田永君，他的简介上写的是"原籍本溪"，原籍的话，一般说来很可能他不是本溪出生，也许父辈是本溪人，那就暂且不算。

我还想说说人口比例问题。

从中国科学院和中国工程院官网上看，中科院院士名单共854人，中国工程院院士964人，两项加起来有1818人。如果按中国14亿人口来计算，平均差不多要800万人口里面才出一个。而本溪一个建市不足百年、人口不足200万的城市，竟然出了5位两院院士，了不起呀。

如果还有人说，两院院士也不算什么，那也没关系，我还能举出一个人来，这个人叫龙文光。和红军飞行员的龙文光，同名却不是同一个人。

在百度百科词条可以查到这位龙文光，但信息不多，这和他们当年隐名埋姓不无关系。词条这样写道：

龙文光，221基地（即221厂）设计部主任。辽宁本溪人。理论部主任邓稼先。试验部主任陈能宽。221厂先后研制出了我国第一颗原子弹和第一颗氢弹。

在《在线百科全书查询》中有龙文光的条目：

龙文光 高级工程师。奉天（今辽宁）桓仁人。1942年毕业于西北工学院电机系。1945年留学英国，先后在茂伟电气公司、曼城工学院高级班学习并任英国茂伟（Metropolitan Vickers）电气公司工程师。1950年回国。历任第一机械工业部技术司工艺科科长、工程师、机械科学研究院副处长，西南工程物理研究院副院长、科技委员会副主任、高级工程师。主要从事核技术装备的研究设计工作，为发展我国的核工业做出了贡献。

在2018年9月30日西工大80周年校庆的时候，中国工程物理研究院总体工程研究所西工大校友分会校友给母校发来贺电：

值此西工大80周年校庆之际，中国工程物理研究院总体工程研究所的西工大校友们心潮澎湃，为母校的光辉成就而欢呼！衷心祝愿母校在探索太空、宇宙和海洋事业中，助推我国"三航"事业更上一层楼，为国家的国防事业，为中华民族的复兴做出更大的贡献！

难忘啊！当年青春年华略带稚气的我们，怀着憧憬和希望，踏进西工大的大门。寒来暑往，不断求索，长知识，长身体，学做人，逐步走向成熟。毕业后，我们牢记师长的嘱咐，怀揣着一颗赤诚的心，奔赴祖国各地，保卫祖国，建设祖国。

我们中国工程物理研究院总体工程研究所一位最年长的西工大校友，原副院长，我们研究所事业的奠基者——龙文光先生（已故），他于上世纪40年代，毕业于国立西北工学院，后留学英国。新中国刚诞生，他立即回国，在一机部机械研究总院工作。在中国工程物理研究院筹建初期，调入我院工作，呕心沥血，终生献身于中国工程物理研究院的事业。……为我国的核武器事业，做出了可喜的贡献，为国争了光，为母校添了荣。

……

2018.9.30

我继续在网上搜索，有关龙文光的名字尽管都出现在媒体对别人的报道和回忆文章中，但也让我们感受到龙文光对中国两弹一星的研究所做出的突出贡献。

在《感动中国人物朱光亚个人简介及事迹》这篇文章中，有一段文字这样写道：

"朱光亚经常谦虚地说：'核武器研制是一项综合性很强的系统工程，需要有多种专业的高水平科学家与工程技术人员通力协作.'他特别强调钱三强、王淦昌、彭桓武、郭永怀、保泽慧、邓稼先、程开甲、陈能宽、周光召、龙文光等科技专家在其中所建立的不可磨灭的功勋。"

在《九十岁的两弹元勋王淦昌》这篇文章中,有一段文字这样写道:

"当时,除了钱学森、钱三强等少数担任国家职务的科学家能够暴露自己的姓名之外,王淦昌、彭桓武、郭永怀、朱光亚、程开甲、陈能宽、邓稼先、龙文光、疏松桂等等科学家们,全都隐姓埋名,秘密进行原子弹技术攻关。即便1958年,在北京成立了二机部第九研究所,也就是中国工程物理研究院的前身,他们虽与父母妻儿同在一个城市,却必须做到三过家门而不入,就算是看到亲人,也得避开,视而不见。"

在《从两弹一星到载人航天中国高科技发展的辉煌变奏》这篇文章中这样写道:

"1999年的9月18日,中共中央、国务院、中央军委在北京人民大会堂召开大会,隆重表彰为研制'两弹一星'做出突出贡献的科技专家。邓稼先、周光召、王淦昌、彭恒武、郭永怀、朱光亚、陈能宽、龙文光、程开甲……这些闪光的名字,几十年过去了,党和人民从来没有忘记。人们没有忘记这些民族的功臣,没有忘记他们在那样艰苦的条件下,为我国高科技的艰难起步所做出的非凡贡献。"

在《5号楼的6位"两弹一星"元勋》这篇文章中这样写道:

"1962年左右,又建起了5号楼。5号楼是塔院中装修档次最高的,地面铺实木地板,卫生间里有抽水马桶。这栋楼本来是要给苏联专家住的,因苏联撕毁协议、撤走专家,这栋楼就主要分配给院领导和专家居住。……101住的是副院长兼理论部党委书记彭非,对面是理论部第一副主任周光召。理论部副主任何桂莲住401,对面是两航起义骨干、从香港回来的李启廉。程开甲、朱光亚、俞大光等住在二单元,邓稼先、秦元勋、龙文光等住在三单元。"

在《中国第一颗原子弹爆炸成功》这篇文章中这样写道:

"在美英苏三国联合遏制中国进行核试验的大背景下,中国的科家家们努力工作,发愤图强,在核武器的研究方面取得了一系列重大的突破。彭桓武、邓稼先、周光召、胡思得、周毓麟、孙清河、李德元、朱建士、秦元勋等科技理论家完成了理论的设计；王淦昌、吴世法、陈能宽、林传骝等进行了爆炸物理试验研究；钱三强、何泽慧、王方定等人进行了中子物理试验研究；惠祝国、祝国梁等进行了引爆控制研究；郭永怀、龙文光等进行了结构设计方面的研究。到 1964 年夏天，我国终于全面突破了原子弹技术难关，取得了原子弹研究方面的巨大成就。"

在《铸国防基石，做民族脊梁——中国工程物理研究院侧记》这篇文章中这样写道：

"还有钱三强、彭桓武、朱光亚、程开甲、陈能宽、龙文光等许多学成归来的著名学者，以及被日本人誉为中国专家一号的于敏院士。这些璀璨的群星，共同编织了人民共和国历史星空最耀眼的'星座'。

"二千多年前，汉代的司马相如在这里写下了'盖世必有非常之人、然后有非常之事。有非常之事、然后有非常之功'的警句。也许真是历史的巧合，二千多年以后的上世纪七八十年代，真有这样一批非常之人，做了非常之事，有了震惊世界的非常之功。彭桓武、邓稼先、王淦昌、于敏、陈能宽、龙文光、俞大光等人在长卿山下续写了'两弹'的辉煌。"

在《致敬，他一次次让我国核工艺科技平地起高楼》这篇文章中写道：

"宋家树和武胜等人领导全车间的工作人员，在朱光亚、陈能宽、龙文光、张兴钤等科学家的指导下，首先攻克了核心部件精密铸造成型中的多项技术难关，为原子弹原理试验提供了满足设计要求的部件。"

在《两弹一星元勋——陈能宽》这篇文章中写道：

"陈能宽是主管武器研制的副院长，他与龙文光、俞大光等带领一批工程师和电子学家，组成攻关队伍，历经十余春秋，完成研制工作。70—80 年代，中国核导弹从近程、中程一直延伸到洲际，都改用这种新方法来获取定型数据。

"1994 年，在花园路 3 号（现 6 号）院召开军工史核武器卷编委会会议，有一天午餐后，李部长要到塔院去看望九院的一些老同志。他看望了龙文光、徐步宽、陈忠贤。"

还有好多好多文章中，都把龙文光和那些两弹一星的元勋相提并论，这里就不一一列举。从这些文章中，我们可以看到，龙文光在两弹一星的研究中占有很重要的位置。

荣获"两弹一星"功勋奖章的陈能宽，曾在他的一首诗的小序中也提到了龙文光，诗是这样写的：

七绝
甘为雏凤觅高栖

陈能宽

1983 年 8 月 21 日，九院及各所领导踏勘绵阳科学新城基地，由龙文光副院长率领，我随同前往，有感赋此。

年逾半百踏黄泥，

雨骤风急仍笑嬉。

无奈巴山羊遗矢，

甘为雏凤觅高栖。

1999 年 9 月 18 日，在庆祝中华人民共和国成立 50 周年之际，党中央、国务院、中央军委决定，对当年为研制"两弹一星"做出突出贡献的 23 位科技专家予以表彰，并授予于敏、王大珩、王希季、朱光亚、孙家栋、任新民、吴自良、陈芳允、陈能宽、杨嘉墀、周光召、钱学森、屠守锷、黄纬禄、程开甲、彭桓武、王淦昌、邓稼先、赵九章、姚桐斌、钱骥、钱三强、郭永怀"两弹一星"功勋奖章。

为什么没有龙文光呢？我是这样理解的，两弹一星的研制不是一个人，不是一个部门，需要多"兵种"协同作战。所以这次表彰，只能从每一个部门选取最主要的代表人物，但我们从上面这些报道和回忆文章中，可以大致了解龙文光的人生轨迹和他对中国两弹一星所做出的不可磨灭的贡献。

作为本溪人，我们应该记住他。

3. 向往与回归

2022 年 4 月，本溪高中的《本溪市高级中学公开招聘院校毕业生网络教师招聘成绩合格人员名单》在网站上甫一公布，立刻引起很多的关注和赞叹。

因为这批招聘的高中教师中，不仅有山东大学、大连理工大学、北京外国语大学研究生，甚至还有一位北京大学的毕业生。北大的学生到山城本溪做高中教师，可见本溪高中的吸引力、本溪这座城市的吸引力了。

我想，如果本溪高中不是令学生、家长瞩目的学校，如果本溪这座城市依然有严重的环境污染，这些学子还会到本溪来吗？

有人曾抱怨说，本溪高中每年考出那么多优秀人才，可是有几个人回来呀。我是这样想的，问题主要在哪里呢？本溪每年考上清华、北大等 985、211 高校的学生有几十个，可是他们如何才能回来呢？本溪有适合他们的环境和岗位吗？就像王大能、就像刘丁宁。

我们要做的，一个是尊重他们的选择，另一个就是要创造适合他们发展的环境。栽下梧桐树，才能引来金凤凰。而不是引来金凤凰，然后他们无所作为。那就不是爱惜人才，而是浪费人才、糟蹋人才了。所以，我们所要做的，就是栽树、栽树、栽树。就像石桥子高新区一样，你只要把基础设施做好了，政策制定好了，形成人才洼地，水自然就流淌过来了。

城市的经济发展，归根结底需要人才助力，要让人才来，就必须提升城市的归属感。所谓归属感，就是一个人对这片土地的向往与依赖，来了就不想走，而不是短暂停留，另觅高枝。因此，提升城市归属感，就是要给来到这个城市里的人以家的温暖，有好的生活环境、好的发展环境。

我们看看本溪高中这次招聘给出的待遇吧：

"此次拟录用教师编制性质：本溪市直属全额拨款事业单位编制。工资待遇：国家规定的工资标准＋绩效工资＋课后服务费，待遇优厚。福利保障：五险一金、节日慰问、生日慰问、结婚慰问、生育慰问、职工体检、补充医疗保险等福利待遇。住宿：外地教师三年内学校提供住宿。职称评定：学校的职称评定政策不论资排辈，更注重品德、能力、业绩、贡献，实行量化打分，更多地倾向于班主任、贡献大的教师。子女教育：教师子女从幼儿园至初中可直接到本溪高中附属学校就读。"

多让人向往的条件啊。有了这样的优惠政策，自然就会"珠玉无胫而自至者，以人好之也，况贤者之有足乎！"。于是就会出现"故乐毅自魏往，剧辛自赵往，邹衍自齐往"的喜人局面。

2022年2月15日，本溪市召开会议启动"六个年"活动，这六个年是"项目建设落实年、营商环境提升年、实体经济服务年、招商引资竞赛年、人才兴市推进年、重点改革突破年"。其中很重要的一个就是"人才兴市推进年"，要求全市上下要"全力抓人才、聚人口，引进人才，鼓励生育，吸引人口回流，遏制人口总量下滑态势"。

这是一个非常艰巨的任务，也是一个即使再难也要大力推进的工作、必须完成的硬任务。

2021年10月，本溪市第十三次党代会明确提出，全面实施"生态立市、产业强市、人才兴市、惠民富市"四大发展战略，要在建设"实力本溪、活力本溪、美丽本溪、平安本溪、幸福本溪"上取得长足进展。这四大战略和五个本溪，没有一个离得开人才，没有一个不迫切需要人才。

近年来，本溪一直在积极推动人才振兴计划，持续发挥政策、环境、机制的优势，打造广纳英才的人才环境。但我们必须承认，由于发达地区的虹吸效应，本溪的人口和人才流失也很严重。但是，本溪市委、市政府有决心、有信心，想方设法补齐制约本溪高质量发展的短板，引领全市上下统筹抓好人才队伍建设，实现"人才兴、城市兴"的目标。

发展是第一要务，人才是第一资源，创新是第一动力，本溪求贤若渴。

于是，本溪市建立起高层次人才分类目录和急需紧缺人才需求目录、实施"溪才回归"计划、拓展"归燕行动"、全职引进高层次人才、吸引高校毕业生回溪来溪就业创业、培育专业技术人才、培育高技能人才、培育企业经营管理人才、培育乡村振兴人才、培育社会工作人才。

近年来，本溪市根据人才事业发展需要，不断加大人才投入力度，市、县、区还共同设立了总人才开发专项基金，用于支持重点人才工程、项目实施。对于科技创新创业领军人才等相当层次人才，本溪市在其子女义务教育、医疗保障、转移转化项目成果等诸多方面均提供便利，解决后顾之忧。

对所急需的专家人才，与之结对子、交朋友，通过登门拜访、邀请回溪、互动交流等多种形式保持经常性联系，向专家人才介绍本溪市经济社会发展情况，认真听取专家人才的意见和建议，积极引导和鼓励支持专家人才围绕本溪振兴发展参与决策咨询、开展科技攻关、创新创业创投，并竭力帮助专家人才解决实际问题，增强专家人才对家乡的认同感和归属感。

据统计，截至目前，本溪人才资源总量达到 17.27 万人，较"十二五"期末增加 3.26 万人。助力本溪成功培育高新技术企业 76 家、雏鹰企业 32 家、瞪羚企业 5 家、国家及省级技术创新中心 21 个，构建实质性产学研联盟 59 个，完成科技成果转化 361 项，登记技术合同成交额年增 21.5%。域内外高校和科研院所专家人才与本溪近 400 个企业项目对接合作，获评全国人才工作创新"优秀个案奖"[①]。

人才是流动的，不能只出不进，更不能只进不出。过去人才是单位所有制，你想调走，领导不批准，单位不盖章，你就永远也走不了。但是现在体制改革了，人才可以流动了，民营企业大量出现，需要大量人才，想挖谁，只要许以高薪，人才没有不来的。所以国企失去了竞争力。但是三年的疫情让人们又重新看到，民企的高薪、外企的待遇，抵不上国企的"杯水车薪"，因为民企已经是一个

① 丛焕宇《打造"人才洼地"成就"发展高地"——本溪全面实施"人才兴市"发展战略纪实》[N].
辽宁日报 2022-01-20 (14)

"不稳定"的代名词，国企虽然挣得比外资、民企少，但稳定。所以，他们向往的还是国企，还是事业单位，还是公务员。所以现在的国企今非昔比，有了吸引人才优势。但是，这不等于民企就招不到人才，只要你有好的发展前景就有"凤凰来栖"，只要你善待人才，"凤凰"就不会另觅高枝。

本钢这些年，非常重视人才，坚持"引才"与"引智"并重的原则，根据形势发展，不断创新人才引进模式。在疫情防控背景下，本钢集团推出"云校招"模式，通过校园招聘网、云校招平台、第三方网站发布招聘信息，充分利用新媒体传播速度快、毕业生关注度高的优势，扩大了招聘影响力，实现了招聘信息云传播、简历智能筛选、远程视频面试等多项功能，招到急需人才。对现有的人才，则加强培养和提升。通过与东北大学、大连交通大学和东北财经大学等高校联合办学，开办MBA班等，提升年轻干部管理能力，培养复合型管理人才；通过让更多年轻有为的技术人才参与省市优秀专家选拔工作，提高企业科技创新能力和水平。同时加大辽宁工匠及有突出贡献技师的表彰力度，参与政府特殊津贴、中华技能大奖、工匠技师等评选，选拔和树立一批优秀高技能人才典型，为企业高质量发展奠定坚实的人才基础。

高新区以人才集聚赋能产业创新活力，促进各类人才集聚，打造高新区人才"特区"。通过实施"兴辽人才计划""山城英才计划""归燕计划"等人才引进战略，坚持不拘一格、唯才是举的人才导向，不断创新人才政策，打造适应新时期发展特征的高新区人才高地。同时加快完善新城人才公寓、城际交通、购物广场、体育娱乐设施等基础配套，通过顺应人才流动"规律"，以加速各类创新创业人才在沈本两地的流动和提供更加舒适的工作与生活空间为手段，逐步打破新城"候鸟式"通勤现象。

本溪县多措并举推进人才强县战略，牢固树立人才第一资源和人才优先发展的理念，创新人才工作机制、优化人才政策环境。以实施县域经济社会发展人才支撑工程为牵引，实施"农村劳动力转移培训阳光工程""新型农民科技培训工程""设施农业科技培训工程"等载体活动，抓好农民专业合作社管理人员和农业产业化龙头企业管理人员的培训，农村实用人才队伍建设得到加强。

　　桓仁县三措并举推进人才强县战略，为建设美丽幸福新桓仁提供智力支撑。他们大力实施人才强县战略，围绕打造"中国山水氧吧之都"和"国际生态健康之城"这一目标，以生命产业示范区、国际旅游度假区、绿色知名农产品加工集聚区为抓手，创新理念、优化环境、招才引智，为建设民富县强美丽幸福新桓仁提供人才保障和智力支撑。

　　《人民日报》在前面说到的那篇报道中写道：本溪市"深入实施'人才兴市'发展战略，构建更加开放的人才政策，实施更加有力的人才工作举措，加速集聚人才特别是中青年人才……"。

　　现在，面对机遇和挑战，本溪市上上下下都行动起来，坚定不移地全面实施"人才兴市"发展战略，正源源不断地把各方面优秀人才集聚到本溪振兴发展实践中来，为本溪经济社会的快速发展，打下良好的基础。

　　"喜看稻菽千重浪，遍地英雄下夕烟。"我们有理由相信，有着肥沃人才土壤的本溪，有着雄厚工业基础的本溪，有着美好发展前景的本溪，有着对人才渴望和珍惜的本溪，凤凰来栖、英才遍地的盛况一定会到来。

第五章　始知身是太平人

我相信

朝着梦想

大步向前

我们可以改变世界

我们可以实现梦想

I believe I can

——泰戈尔

1. 为了人民的嘱托

2018 年 1 月,中共中央、国务院发出《关于开展扫黑除恶专项斗争的通知》。《通知》指出:"为深入贯彻落实党的十九大部署和习近平总书记重要指示精神,保障人民安居乐业、社会安定有序、国家长治久安,进一步巩固党的执政基础,党中央、国务院决定,在全国开展扫黑除恶专项斗争。"

2018 年 1 月 23 日,中央政法委召开全国扫黑除恶专项斗争电视电话会议,确定这项专项斗争从 2018 年 1 月到 2020 年底,时间为三年。

2018 年 2 月 2 日,辽宁省召开扫黑除恶专项斗争电视电话会议,就辽宁省开展扫黑除恶专项斗争做出具体部署,提出:"坚决贯彻落实党中央决策部署,切实把扫黑除恶专项斗争作为重大政治任务抓紧抓好。要真抓实干,务求实效,深入摸排、边查边治,突出重点、精准打击,依法严惩、除恶务尽,……迅速形成对黑恶势力犯罪的压倒性态势。"

这是一场事关社会大局稳定和国家长治久安,事关人心向背和基层政权巩固,事关进行伟大斗争、建设伟大工程、推进伟大事业、实现伟大梦想的专项斗争。

号角已经吹响!黑恶势力被终结横行的这一天,已经到来。

本溪市委、市政府立刻行动起来,坚决落实,迅速部署,以扫黑务净、除恶务尽的坚定决心,掀起摧毁黑恶势力的强劲风暴。

他们成立了以市纪委监委、市委组织部等为成员单位的专项斗争工作领导小组，制订了《本溪市开展扫黑除恶专项斗争实施方案》，公布市、县两级举报电话，建立了扫黑除恶专项斗争线索排查制度，通过发明白卡、发宣传单、挂横幅、滚动播放字幕、调查问卷、致人民群众一封信等形式，让广大市民知晓党委和政府扫黑除恶的决心和部署，形成泰山压顶之势。

市政法委、公检法机关等提高站位，周密部署，尽锐出战。

公安机关成立 10 个督导检查工作队，集中警力投入重点案件侦办。他们创新侦查方式，打响了全省扫黑除恶第一枪。他们开展了平安本溪 1 号、2 号、3 号系列专项行动，广大干警主动请缨、昼夜奋战，以黑恶积案清零、问题线索清零为目标，对涉黑涉恶犯罪发起凌厉攻势。

检察机关坚持"绝不在检察环节贻误战机"的工作原则，对每个涉黑涉恶案件适时提前介入、集中会商，提高诉讼效率，缩短起诉时限。同时，严把事实关、证据关、程序关，不冤枉一个好人，也绝不放过一个坏人。

审判机关主动和公安机关、检察机关建立起涉黑涉恶犯罪案件衔接机制，统一办案思想和执法标准。克服疫情给审判带来的影响，发挥庭前会议作用，精准开展"认罪认罚"，宽严有据，依法、准确、有力地惩处了黑恶势力犯罪，维护法律的尊严。

市纪委监委严格落实"一案三查""两个一律"，不断健全完善制度机制，攻坚克难，精准发力，把扫黑除恶"打伞破网"同基层反腐"拍蝇"结合起来，深挖黑恶势力背后的"关系网""保护伞"。

市委组织部将扫黑除恶工作纳入党建工作责任制，发挥驻村第一书记作用，让他们参与到基层扫黑除恶的宣传和发动中来。排查软弱涣散村党组织，清理受过刑事处罚、存在"村霸"和涉黑涉恶等问题的村干部，使基层党组织成为人民群众真正的主心骨和战斗堡垒。

全市各相关部门也积极按照"有黑扫黑、无黑除恶、无恶治乱"的部署要求，强化整治措施，最大限度压缩黑恶势力生存空间，推进扫黑除恶专项斗争深入开展。

从 2018 年 1 月到 2020 年底的三年时间里，我市"扫黑除恶"斗争取得了显著战果，共打掉黑社会性质组织 11 个、恶势力犯罪集团 8 个、恶势力犯罪团伙 14 个。

案件侦办中，市公安局以黑恶积案清零、问题线索清零为目标，对涉黑涉恶违法犯罪发起凌厉攻势，重拳出击，果断行动，突破了一批难啃之案，深挖了一批蛰伏之徒。

2018 年 4 月 22 日，本溪市公安局经过缜密侦查，对全国扫黑办、最高检察院、公安部督办的丹东"宋氏兄弟"黑社会性质组织成员实施统一抓捕，打响了全省扫黑除恶第一枪。

2018 年 9 月 22 日，公安机关开展了"中秋节集中统一收网行动"，侦破了陈守大等 5 起涉恶团伙和胡勇南"村霸"涉恶团伙，抓获违法犯罪嫌疑人 40 余人。

2019 年 3 月 2 日，成功打掉了盘踞本溪县田师付镇 10 多年的杨增等黑社会性质组织案件，抓获犯罪嫌疑人 23 人，破获各类案件 117 起，收缴枪支 13 支。

2019 年 5 月 30 日，在全市部署开展了打击"套路贷"专项会战，打掉牛常新等"套路贷"涉黑犯罪团伙 2 个、涉恶犯罪团伙 5 个，破获各类案件 96 起，抓获犯罪嫌疑人 67 人，打响了全省打击"套路贷"违法犯罪第一枪。

2020 年 4 月 2 日，打掉了恶意竞争、抢占垄断日丰管及小家电市场的高冰等恶势力犯罪集团。

特别是侦办公安部挂牌、省厅督办的丹东"宋氏家族"团伙涉黑大案，本溪市公安局 320 余名参战民警连续作战，先后奔赴 4 省 7 市，累计行程达 10 万公里，制作询问笔录 260 余份，调取卷宗 200 余本，扣押各类财务账簿 964 本、记账凭证 2,997 册，其体量之大，足足可以装满一卡车。

办案过程中，面对穷凶极恶的黑恶势力，本溪市公安局敢于亮剑，勇于斗争；面对黑恶势力背后的"关系网""保护伞"，他们冲破层层阻力，坚决一查到底；他们恪守法律规范，严把事实关、证据关、程序关和法律适用关，把案件办成经得起法律和历史检验的铁案。

他们本着打财断血、除恶务尽的原则，最大限度地摧毁涉黑组织的经济基础；为彻底铲除黑恶势力滋生土壤，专案组共深挖以刘胜军、杨乃文为主要成员的黑恶势力"保护伞"共计 12 人。在这次大案的侦破中，专案组在侦办中取得的有关黑恶势力"保护伞"方面的线索与证据，及时呈报省厅，并经由省厅移送省纪检监察机关，以保证政法机关"扫黑除恶"与纪检监察机关"打伞破网"同步进行。

为了不影响此次专案工作的快速推进，全体参战民警秉承信念，枕戈待旦，连续作战，顽强拼搏，全力攻坚。有的民警长时间无法回家，只能通过手机视频与家人互报平安；有的民警原定的婚期一推再推，始终加班加点忘我工作；有的民警身患病痛，吃点药依然坚守在工作岗位；有的民警因巨大的工作负荷和长期的体力透支，累倒在办案一线；有的民警无法在父母病榻前尽责尽孝，直至老人去世而抱憾终生。

2019 年 12 月 20 日，本溪市中级人民法院一审宣判，主犯宋琦犯组织、领导黑社会性质组织罪等 10 项罪名，被判处无期徒刑，其余 52 名被告人获有期徒刑等刑罚。2020 年 2 月 28 日，省高级人民法院二审裁定驳回上诉，维持原判。

这次大案的侦破，是党中央部署扫黑除恶专项斗争以来，全国扫黑办、公安部、最高人民检察院首批挂牌督办的 22 起重大涉黑案件之一。该案案情重大复杂，违法犯罪时间跨度近 30 年，涉案被告人 50 余名、罪名 17 个、违法犯罪事实 375 起 [①]。

2021 年 2 月 4 日，全国扫黑除恶专项斗争领导小组办公室在"全国扫黑除恶专项斗争先进集体拟表彰对象事迹"的材料中，对本溪市公安局侦办的丹东东港宋琦黑社会性质组织一案，大加赞赏：

"专项斗争伊始，辽宁省公安厅将宋琦案指定本溪市公安局异地侦办，全国扫黑办对该案进行挂牌督办。宋琦黑社会性质组织危害时间长、保护伞背景深、案件侦办难度大。本溪市公安局迎难而上，精心谋划，抽调 320 余名精干

---

① 周鹏 李滢乐《利剑出鞘除黑恶 激浊扬清安民心——本溪市开展扫黑除恶专项斗争综述》[N]. 辽宁法制报 2020-09-29（1）

《雷霆出击荡黑恶 合力攻坚护民安——本溪市扫黑除恶专项斗争纪实》本溪市扫黑除恶专项斗争工作领导小组及其办公室 2021-08

警力组建专案组。该专案组历时9个月，奔赴4省7市，累计行程10万公里，成功打掉盘踞东港多年的宋琦黑社会性质组织。专案组创新推出'七组联合作战'模式，实现办案专业化、精细化；采取'区域关联分析、局部蹲坑守候、信息资源碰撞、快速实施抓捕'新型抓捕战法，确保首战告捷。突破讯问难关，有效摧毁'黑老大'宋琦内心防线，促使其供述了教唆并提供军用枪支杀害他人的犯罪事实，打开案件突破口。精准查控，持续'打财断血'，对涉案企业经营性资产依法进行托管，保障涉案企业正常运转及职工切身利益，取得良好的政治效果、法律效果和社会效果。"

对黑恶势力的坚决打击，净化了社会环境，人民群众无不拍手称快。

一些参加侦办此案的老民警兴奋地说："能参加侦办这样的大案，这辈子警察算是没白干。"一些新加入警察队伍的年轻同志也颇为自豪地说："我真的很幸运，当警察没几天，就参加到侦办这样的大案中来，得到的锻炼太大了，学到很多东西，对自己今后办案太有帮助了。"

本溪这场硬仗，是一次前所未有的经典案例，是在省委、市委的统一领导和省扫黑办、省政法机关的有力指导下取得的。本溪市公检法分工负责、互相配合、互相制约，统一执法思想、提高执法效能，依法高效完成了专案的侦查、起诉和审判，不仅依法、准确、有力地惩处了黑恶势力犯罪，取得了政治效果、法律效果和社会效果的统一，为我省全面推进扫黑除恶专项斗争立下首功，也为我省政法机关深入推进扫黑除恶专项斗争，依法高效严惩黑恶势力积累了宝贵的办案经验。

根据省政法委的要求，本溪市政法委联合沈阳师范大学法学院，对案件办理过程进行了认真梳理，总结了经验做法，形成了《扫黑除恶专项斗争办案指引——以本溪市政法机关办理"4·22"涉黑专案为例》的办案经典案例。

这个《办案指引》，分为案情简介、侦查阶段、审查起诉阶段、审判阶段、总结五个部分，详细介绍了"4·22"专案办理的全过程，归纳总结了案件办理中的经验做法、典型事例及政策依据等，旨在以此为政法机关办理涉黑涉恶案件提供借鉴和参考。

扫黑除恶斗争告一段落了，但是，本溪市政法部门始终对黑恶势力保持着高压态势，扫黑除恶始终在路上。因为这是党的召唤，是人民的嘱托。

是啊，在本溪市公安局的大楼里，我所看到的那些身着藏青色警服和佩戴闪闪银色徽章的警察，一身正气，让人顿生一种正义感、安全感。尤其是在后楼办公的刑侦局，我看到的都是匆匆的脚步，虽然他们中有的身穿便衣，和普通百姓别无二致，但那坚毅和自信的目光，让人一眼就能看出他们是保一方平安，让犯罪分子胆寒的人民警察。

还有，这些警察中很多人都是 90 后，那稚嫩的面孔，看上去还是个孩子。可是当他们面对犯罪分子的时候，他们那睿智的目光和凛然不可侵犯的威严，让犯罪分子胆寒，让人不能不肃然起敬。

还有那些不在这栋楼里的，遍布本溪甚至全国各处的英雄，人民的平安就系在他们的肩上。

他们在用自己的忠诚和热血，托举着共和国的平安大厦和践行着人民的嘱托。

有一首名为《利剑刀锋》的歌曲，至今还在本溪的民警中间传唱，这是他们自己的歌，是专门为这次扫黑除恶斗争创作的歌。作词的是本溪市公安局政治部副主任曲永超，作曲的是本溪民警田龙，那铿锵有力的旋律，那让人热血贲张的歌词，唱出了本溪公安民警的豪迈和忠诚：

那一程

气势如虹，打响扫黑除恶第一枪

剑卷风暴，打伞破网多少往事唤春光

这一程

众志成城，绽放平安建设新荣光

刀砺尖锋，为民除害多少召唤耀东方

披荆斩棘的豪迈，我们懂得大道无垠忠诚引航

风雨兼程的辛劳，我们懂得心怀民生誓言铿锵

勇往直前的气概，我们懂得义无反顾责任担当

波澜壮阔的坚定，我们懂得烈火金刚斗志昂扬

你是利剑，在暗夜寒冬里引春雷风激荡

你是刀锋，在硝烟战火里斩邪恶天晴朗

利剑刀锋再启航

……

2. 为了母亲的微笑

在南方,无论春夏秋冬,即便到了午夜,大街上也是行人不断。可是在东北,晚上就比较清静了。尤其冬季,有"猫冬"一说。其实,别以为"猫冬"说的是农村,在城市,也是如此,华灯初上,大街上便已经人流稀少了。

这个时候,如果你是一个外乡人,独自走在城市的大街上,心里未免有些忐忑。你会担心自己的安全,你会不自觉地加快脚步。但是,本溪人不会这样,无论大街上怎样冷清、静谧,他们都照样不急不慌迈着沉稳的脚步,朝着自己既定的方向走去。因为他们知道,此刻,在大街上的不只是他自己,尽管他暂时没有看到别人,但他知道,此刻的大街,在你看不到的地方,有着本溪的巡警、辅警,正睁大着警惕的眼睛,注视着山城的每一个角落。当你和他们不期而遇的时候,你会情不自禁地向他们投去致敬的目光。

古往今来,人们常用一个词来夸赞社会的美好,这个词就是"夜不闭户,路不拾遗"。如果能生活在这样的世界里,毫无疑问,那一定是一个幸福的人。现在,我们常说要让老百姓有更多的幸福感、快乐感,那这幸福和快乐来自哪里呢?当然,来自很多方面,但其中有一个重要方面,就是安全感。试想想,如果一个人连门都不敢出,连夜路都不敢走,那老百姓何来安全感呢?没有了安全感,又何来幸福感呢?

2022年6月,我到市政法委采访,赶得巧,市委政法委综治督导科的奚冰科长给我看了一个文件,是省"平安办"下发的《关于2021年度平安辽宁建设考核评价情况的通报》，通报说，通过对全省 14 个市的平安建设进行政治安全、社会稳定等 9 个方面工作的全面考核评价，本溪市以总分 935.70 分的成绩排名全省第二，被评为"平安辽宁建设先进市"。

这个荣誉的获得，实属不易。想想看，全省一共 14 个市，本溪能排到第二位，如果没有点过硬的真功夫，没有点货真价实的成绩，没有老百姓发自内心的口碑，你是得不到的。

奚冰告诉我说："平安本溪建设实施以来，本溪市坚决贯彻中央、省委、市委关于平安建设的决策和部署，围绕安全稳定，抓住重点任务，高站位、高标准地组织推进平安建设责任制，有力维护国家政治安全，有效防范化解各类涉稳风险隐患，积极推动信访矛盾化解，严防个人极端案件和事件发生，确保公共安全，推进市域社会治理现代化试点工作，常态化开展扫黑除恶斗争，提升社会治安防控体系，刑事发案全省最低，刑事、治安警情大幅下降，城市平安指数明显提升。人民群众的安全感、获得感、幸福感不断增强，为本溪的发展营造了良好的社会环境。"

确实如此。近年来，本溪市以创建全国市域社会治理现代化试点合格城市为契机，打造市域社会治理"五安"工程，即"党建引领筑平安、三治融合创平安、多元化解促平安、夯实基础固平安、忠诚守护保平安"，不断提升市域社会治理效能，为平安本溪建设打下坚实的基础。

正如 2021 年 9 月 28 日《人民日报》在《实施"四大战略"建设"五个本溪"推动本溪振兴取得新突破》的那篇报道中所说："建设平安本溪，推动人民群众安全感实现新提升。深化全面依法治市，建设法治政府，提升市民法治素养，提高各级干部运用法治思维和法治方式处理经济社会事务的能力，构建良好的法治环境。发挥基层党组织引领作用，引导多元主体共同参与社会治理，积极创建首批全国市域社会治理现代化试点合格城市。"

2019 年 4 月，本溪市委、市政府开展了"除隐患、防风险、净环境"专项整治行动，各部门充分发挥职能作用，针对人民群众反映强烈的热点问题，着力在治乱上下功夫，紧盯行业乱点，加强执法频度，加大整治力度。市公安局针对本钢企业周边治安乱点发力，先后破获涉企刑事案件 84 起，净化了本钢集团生产经营环境；本溪市交通运输局加大联合执法力度，针对"黑出租"等问题开展联合执法行动；本溪市水务局开展河道非法采砂等整治行动，并联合公安机关立案查处多起非法采砂刑事案件；本溪市林业和草原局明确强迫林地交易等为专项整治的重点领域和重点地区，破获涉恶团伙案件和多起涉林刑事案件。

为确保平安本溪建设，本溪市公安局还开展了多项切实有效的行动，他们"治乱"不手软，"清源"不停歇。以"无黑城市"创建行动，推动扫黑除恶工作常态化。他们创新惩防犯罪机制、完善打击整治手段，切实解决群众深恶痛绝、人民反映强烈的突出违法犯罪问题。坚持大案小案认真办、大事小事认真查，案件不清零不放过、打处不到位不放过。

他们开展"电信诈骗"防治行动，提升企业群众识骗防骗能力；开展"农粮、食药"保卫行动，确保农资、粮食、食品、药品安全；开展"护校安园"专项行动，确保校园周边安全；开展"全域旅游"护航行动，营造"违法行为人人举报，本溪形象人人有责"的良好氛围；开展"固本兴业"护航行动，为全市经济社会发展助力护航；开展"网络空间"清理行动，构建和谐清朗网络空间；开展"交通秩序"整治行动，推进道路交通安全治理体系和治理能力现代化；开展"公安 5 公里服务圈"惠民行动，全力打造"办事方便、服务高效、群众满意"的公安政务环境；等等。

在"枫桥经验发展年"活动中，本溪市公安局以平安本溪"民生警务"战略为引领，牢固树立"四办"理念，以公安"零信访"为发端，不断丰富"矛盾不上交、平安不出事、服务不缺位"的新时代"枫桥经验"内涵，积极探索和实践预防、化解社会矛盾，维护社会和谐稳定的新路径，创造了新时代本溪版的"枫桥经验"。

其实所谓的"枫桥经验"，是 20 世纪 50 年代，浙江省诸暨市枫桥镇的干部群众创造的"在党的领导下，发动和依靠群众，坚持矛盾不上交，就地解决，实现捕人少，治安好"的经验，是我国社会治安综合治理的一面旗帜。本溪市公安局在开展这项活动中，通过人性化执法，不但化解了矛盾，而且密切了警民关系。

"枫桥经验"对推动乡村善治,优化乡村社会治理,效果尤其明显。在农村,村民之间的矛盾若不能及时化解,很容易将小矛盾酿成大事件。比如宅基地争议、农业生产纠纷、农村婚姻、邻里矛盾,甚至连鸡鸭鹅狗都会成为矛盾的爆发点。所以,这个时候就需要及时跟进,将矛盾化解。他们有针对性地在乡镇建立的"个人调解室"、行政村设立的"村民评理说事点"等,这个时候都发挥了很大的作用。

本溪市作为全国市域社会治理现代化第一期试点城市,在市委市政府的领导下,采取了一系列的创新举措。特别是市公安局开展的"千名民警联系百万群众""平安微信群"暨"防输入、防反弹、保稳定、保发展"大走访活动,都收到了良好的社会效果。通过"平安微信群",广泛收集各类涉稳情报信息和涉案事件线索,为事件处置、侦查破案提供了强有力支撑。实现"一格一警""一格多警",警格加网格、警力加民力,形成社区治理和治安防范的合力。现在,每栋居民楼都建起了微信群,群里有社区工作人员、网格员、民警和辅警,为群众排忧解难。本溪的做法被省政法委领导誉为"全省市域社会治理现代化可复制可推广的本溪样本"。

现代社会的平安城市建设,仅仅靠警察来守护,是远远不够的,因为警察再神通广大,总有触角不及的地方。这就需要全社会来共同编织一张平安大网。若要让这张网疏而不漏,还要在这张网的每个网格上,查缺补漏,让其更密实。而社区里的网格员便是"平安本溪"建设这张大网中不可或缺的一部分。

近年来,本溪市高度重视网格化管理在基层社会治理中的基石作用。网格员可以自由切换多种"身份",既是治安巡防员,又是人民纠纷调解员;既是疫情防控员,又是防汛减灾安全员;既是文明宣传员,又是群众的办事员。他们本身就是群众,就生活在群众之中,可以及时了解民情、转达民情、解决民情,把工作做得更加深入细致,帮助政府完成好社区的管理与服务,最大限度地减少矛盾、促进和谐。

而且,很多社区退休人员对担任网格员很有积极性,因为他们知道,只有社会稳定平安了,自己和家人才能平安;只有小区平安和谐了,邻里的关系才会和睦。所以,他们觉得自己的工作很有意义。

家住本溪市溪湖区河东街道峪前社区的王宝志老人，退休多年，是小区的"红袖标"党员巡逻志愿者，只要平时有时间，他总要在社区里转转，遇见陌生人也总要上前去问问。他觉得这是自己的责任。在本溪，像王宝志一样的巡逻志愿者还有很多很多。

这些网格员充分发挥网格化服务管理作用，每日采集录入人口、房屋、事件等各类基础信息；及时排查上报矛盾纠纷、不安定因素、不安全隐患等各类动态信息；开展法制和治安防范宣传；服务帮助空巢老人、孤寡老人、残疾人、留守妇女儿童等特殊群体。特别是在疫情期间，网格员们发挥的作用就太大了，他们睁大警惕的眼睛，走街串巷、爬楼入户、顶风冒雪、设卡堵控，奔走在山城的每一个角落，成为这场疫情防控阻击战的"尖兵"，共同构筑了疫情防控最坚强的防线。

目前，本溪共有 7 个一级网格、59 个二级网格、516 个三级网格，共划分基础网格 3，433 个，配备网格员 5，963 名。他们的工作小到不能再小、细到不能再细、碎到不能再碎、平凡到不能再平凡，可是他们却关联千万家、关系千万人、关乎千万事。2020 年 3 月 5 日，本溪市委政法委对房春晖等 100 名在抗击疫情工作中表现突出的优秀网格员进行了通报表扬，使得网格员们备受鼓舞，劲头更足了①。

作为市域社会治理现代化工作试点城市之一，本溪市近年来探索推进"五安工程"，整合各类平台和资源，推动体制机制创新，合力提升市域社会治理体系和治理能力现代化水平。他们充分发挥群众自治组织作用，创新多元化解方式。完善"红色管家议事会""平安议事厅""社情民意恳谈会""协商议事会"等自治组织，使其成为社情民意"直通车"，以身边人掺和身边事，用民间智慧化解矛盾。

2022 年 1 月 19 日，《人民日报》以《本溪推进"五安工程"：治理精细化 守护千万家"红色管家"，烦心事在社区就能解决》为题，对本溪市平安建设给予长篇报道，文章说："'红色管家'是本溪市推进市域社会治理现代化的一项举措。作为市域社会治理现代化工作试点城市之一，本溪市近年来探索推

---

① 李滢乐《本溪 5963 名网格员携手铸就平安环境》[N]. 辽宁法制报 2019-11-27（2）

进党建引领创平安、'三治'融合筑平安、多元化解促平安、夯实基础固平安、忠诚守护保平安的'五安工程'，整合各类平台和资源，推动体制机制创新，合力提升市域社会治理体系和治理能力现代化水平。"这篇报道在全国引起很大反响，很多城市表示要向本溪学习，甚至要到本溪取经。

我想起刘欢的一首老歌《少年壮志不言愁》：

几度风雨几度春秋

风霜雪雨搏激流

历尽苦难痴心不改

少年壮志不言愁

金色盾牌热血铸就

危难之处显身手 显身手

为了母亲的微笑

为了大地的丰收

峥嵘岁月

何惧风流

……

这首老歌是献给人民警察的，虽然已经30多年了，但今天听起来，依然让人热泪盈眶。

3. 遍地英雄

平安本溪建设开展这几年来，本溪市公检法各部门涌现出众多英模，他们中有政法委的，有纪委监委的，有法院、检察院的，也有公安局的。他们在全国扫黑除恶专项斗争中，以勇于担当、舍我其谁的气概和信念，扛起了专项斗争的先锋大旗，向黑恶势力发起了一拨又一拨凌厉的攻势，不仅打响了辽宁公安扫黑除恶的第一枪，也开辟了扫黑除恶的新战场。

他们以对党和对人民的忠诚，以顽强的拼搏精神和无私的奉献精神，倾注了无尽的智慧与激情，挥洒着无数的心血与汗水。他们深入群众之中，成为民众的贴心人。解民之忧，扶民之困，撑起一片朗朗晴空！

我有幸采访了几位扫黑除恶的英雄和守护本溪平安的英模。当你走近他们的时候，你会发觉，这是一个对犯罪分子嫉恶如仇，让犯罪分子胆战心惊的群体，是一个对人民群众爱护有加，让普通老百姓感到贴心和温暖的群体。

党和人民没有忘记他们的贡献，给了他们崇高的荣誉。他们有的成为扫黑除恶一等功获得者，有的成为公安部二级英模，有的成为全国特级优秀人民警察，有的成为全国优秀人民警察，有的成为全国公安机关爱民模范……至于获得省里的荣誉、市里的荣誉，就更是数不胜数了。在这里，我们来认识几位让人感动的英模吧：

被称作"拼命三郎"的黄智力

黄智力 2002 年从辽宁警察学院毕业，从事痕迹检验、现场视察工作。后来在平山区刑警大队大案中队当中队长，从技术转入侦查。2010 年从大案中队长提拔为副大队长，2013 年调到市公安局刑侦视频侦查大队任大队长，这个大队是本溪市公安局首次成立的。2017 年 9 月，黄智力又担任市局刑侦支队刑科所政委。

2018 年扫黑除恶战役打响，他在进入"4·22"专案组的时候，已经是市公安局刑侦支队的副支队长了。

专案指挥部选派黄智力担任重点案件攻坚组的组长，而这个"攻坚"的方向，就是和宋琦有关联的、发生在 20 年前的"大国子枪杀案"。这个担子实在太重了，黄智力知道这个枪案是"4·22"宋氏集团涉黑大案的关键所在，是最难啃的骨头。

当时涉及宋氏集团的案件数量高达五六十起，虽然数量惊人，但唯有 1999 年枪杀"大国子"案件性质最为恶劣且疑点重重。黄智力调取了大量卷宗发现，宋氏兄弟当时虽因证据不足被公安机关释放，但二人绝对有重大嫌疑。

黄智力当机立断，从枪杀案件入手，针对宋琦身边关系人展开调查，围绕涉案枪支到底是谁提供，宋琦为什么在"大国子"被枪杀后第一时间出逃一年多、逃去哪里、与谁接触过等展开全面攻坚。

但此时的黄智力压力极大，因为如果不能审出这个枪案，整个黑帮集团就难以定性，整个案件的进展都卡在宋琦的这把枪上。于是黄智力和宋琦斗智斗勇，抽丝剥茧，寻找此案的关键突破口。

经过 17 天艰难的审讯和取证，终于还原了枪案的细节和链条的衔接，面对铁的无可辩驳的事实，宋琦再也无法抵赖而陷于崩溃，最后只能低头认罪。

黄智力说，枪案是他从警 20 年来难度最大的一个案件。正是专案组领导的正确指挥，正是本溪刑警的集体智慧和力量，经过抽丝剥茧，不放过任何一点蛛丝马迹，终于让宋琦低下罪恶的头。

接着，他马不停蹄，立刻转入其他涉黑大案的侦破中，如"3·02"杨某团伙涉黑案、"7·01"吴某涉黑案、"10·26"特大盗窃案等。

在那五百多个日日夜夜里，黄智力付出了常人无法想象的艰辛和努力，承受着身体与内心的双重压力，但却从未叫过苦、喊过累，尤其案情进行到关键阶段，他经常啃一口面包就继续扎到案卷之中，以钢铁般的意志带领团队顶住压力、攻坚克难，使得每起案件都能圆满告破。

那段时间，他根本顾不上家，照看不上年迈的父母，顾不上正在读中学的女儿，妻子成了家里的顶梁柱。但是，妻子不但没有怨言，反而为丈夫能破获这样的涉黑大案，为党和人民立下战功而感到自豪。

这些年，党和人民也给了黄智力很多荣誉，如多次荣立一、二、三等功，获评市劳模和全国优秀刑警等。

警队里的"检察官"滕玉涛

滕玉涛是本溪市公安局预审支队政委。他 1971 年生，性格沉稳，说话条理清晰。

不用说，老百姓对交警、刑警都比较熟悉。但对预审却比较陌生。预审是公安局所属的一个重要职能部门，其职责主要是对刑警提交的刑事案件犯罪嫌疑人进行详细讯问，核实犯罪嫌疑人口供，并将整理的涉嫌犯罪的材料递交检察机关，由检察机关参照材料，提起公诉。

也就是说，预审就是对案件的侦破提供思路，进行把关定向。案件侦破中还缺什么？还需要补充什么？犯罪嫌疑人够不够逮捕条件？应该定什么罪？判多少年刑期？预审都要有个预判，并由预审把关和整理后向检察院报送材料。换句话说，预审就是给办案人员确定方向，给领导决策提供参考。所以，他们既是警察，又是检察官，既是法官，又是律师。

"4·22"宋氏集团涉黑大案预审组一共有六个人，在专案指挥部的领导下，预审这六个人却要指导二百人干活，可见工作量之大、任务之艰。滕玉涛他们每天都忙着开会、听汇报、看材料。对案件侦办下一步怎么走、还需要做什么，都要提出指导性意见和工作建议。而且你的建议必须经过深思熟虑，不能瞎指挥、乱建议。不然，你的一个建议，下面跑断腿还没有效果，浪费警力，浪费时间，影响办案。尤其是"4·22"专案中的经侦工作，滕玉涛不仅提出很多好的建议，而且亲自到东港取证一线，指导和带领刑侦、经侦工作组的同志开展调查取证工作。

滕玉涛说："预审工作要求你熟悉法律，更需要你心无旁骛，对案件要认真研究，反复探讨。同时，还必须主动与检法机关沟通，请检察机关及时审查涉案资产的确权证据是否确实充分，如有异议及时调整。"那些天，滕玉涛带领预审组的同志，每天都得熬夜，每天都有忙不完的活儿，忙着忙着，天就亮了，一看表，四点多了，人家已经"春眠不觉晓"了，他这边还没睡呢。一天的时间，一忙就过去了，一个季节的时间，一忙也过去了，一年的时间，忙着忙着也过去了。

滕玉涛从警20多年来，所有赡养老人、照顾孩子的家务事都抛给了妻子。聚少离多，外出办案，已经成为滕玉涛的常态。对滕玉涛来说，家就像宾馆，有时回来吃口饭、换件衣服，便又匆匆赶回专案组。特别是在审讯宋琦的打手林治刚的那几天，在长春求学的儿子被汽车撞伤，骨折住院。而作为父亲的他，却不能到儿子床前护理，甚至哪怕看上一眼，因为专案组的工作实在不允许他走开，只能心疼地流下眼泪。

滕玉涛自豪地说："宋氏集团涉黑大案一审判决书出来，我自己保留了一份，留作终身纪念，堪比军功章。因为这个材料，基本上是自己的心血、汗水，是一个字一个字抠出来的，是一句话一句话想出来的，是一天一天熬出来的。有喜有忧，有怒有乐，有山穷水尽，更有柳暗花明……"

2019年5月，本溪市公安局根据公安部和辽宁省公安厅依法严厉打击"套路贷"犯罪的总体部署，立即发动全局迅速行动起来，对依法严厉打击"套路贷"等违法犯罪活动进行了专项部署。市公安局领导指派滕玉涛同志负责全局涉"套路贷"黑、恶势力犯罪团伙及犯罪集团的业务指导和诉讼工作。由于这是一种新的犯罪类型，本市乃至省内均没有案例可供学习借鉴，所以他和同志们一方面加强学习交流，一方面促使公检法部门达成法律共识，为涉"套路贷"犯罪的成功诉讼和打击此类犯罪奠定了坚实的基础。

经过艰苦奋战，滕玉涛参与指导打掉 7 个涉"套路贷"黑、恶势力犯罪团伙，打处 41 人。本溪严厉打击"套路贷"犯罪工作受到省厅和省扫黑办的高度赞誉，并把现场经验交流会开在本溪。

2021 年，滕玉涛被授予公安部二级英模荣誉称号。

心系百姓的好警长史运利

史运利是本溪市公安局明山分局金山派出所育民社区的社区民警，在社区民警这个平凡岗位上，他默默耕耘了 15 年。1985 年参军入伍，曾在 40 集团军某部任高炮团副连长，1999 年从部队转业参加公安工作。曾获全国模范退役军人、辽宁省人民满意政法干警等荣誉称号。

2020 年，本溪市公安局开展创建"千名民警联系百万群众"平安微信群、"两防两保"大走访活动以来，史运利换了新款的智能手机，跟年轻的民警学习使用微信，打字慢就下载使用语音转换文字的软件，从零开始学习，适应新形势、新变化、新要求。史运利带着自己的微信二维码，敲开居民家门，向他们介绍市局开展的活动，请他们加微信进平安群。他每日早 8 时前、晚 18 时后到辖区走访，由于老旧楼道灯光昏暗，他就戴着头灯一层楼一层楼走访，居民被他认真负责的态度所感动。两个月的时间，史运利建立了 26 个平安微信群，对特殊家庭做出标记：重点帮扶、空巢老人、特困家庭、残疾人员、特殊群体等。

史运利在实践中不断摸索总结、创新发展，着眼社区这个大家庭，从敲开门、记住人、记住事等细节入手，运用"五个一"工作法，筑牢了育民社区的平安基石。这"五个一"是：一张联系卡，敲开百家门；一张定位图，记住百家人；一个日记本，记载百家事；一句知心话，温暖百家心；一部手机，连接百家情。

定位图记住百家人，史运利绘制辖区人居定位图，辖区常住人口、暂住人口、人员变动，他了如指掌；日记本记载百家事，谁家有什么烦心事、困难事，他全记下来，自己能办则办，办不了则想办法让大家帮着办；建立社区"零距离"调解室，警务工作运转在百姓家门口，有事随时到，不管是邻里纠纷还是家庭矛盾，只要他到场，全都迎刃而解。社区王大娘家特别困难，老人不仅体弱多病，还要照顾一个罹患精神障碍的儿子和孙女。在征得妻子同意后，史运利便担负起了照顾这一家人的重任，他先后帮助王大娘联系办理了低保，坚持逢年过节上门慰问，为其送去米面肉蛋水果等礼品。

史运利说，警察是执法者，但同时又是问题的化解者，尤其是社区民警，接触的都是老百姓，碰到的都是鸡毛蒜皮的小事。但是别看事小，如果处置不当，解决不及时，小事可能酿出大祸。所以，一句知心话，温暖百家心。做群众工作说话的态度语气很重要，一句好话让人有亲切感，一句"赖话"可能让人恨你一辈子，而且还不解决问题，甚至把矛盾激化。警察的本事不是把对方吓住，而是晓之以理、动之以情，最后把矛盾化解，问题解决。

一部手机，连接百家情。史运利通过手机建立辖区居民间的微信群，谁家有什么难事、烦心事、困难事，只要是他能帮办的事马上办；他办不到的事，求助群里大家想办法帮助办，让生活在这里的辖区群众有了获得感、安全感、幸福感。"五个一"工作法收获的不仅是群众的信任，更收获了辖区的平安和治安的稳定。群众感激地说："史运利是我们社区的110，有事随叫随到。谁家有点难心事，找他都好使。"

社区里刑满释放人员是一个特殊群体，也是不小的难题。把他当曾经的罪犯看，他会越发和这个社会格格不入。史运利则把他们都当亲人，用真情感化每一个人，帮他们找工作，使他们成为自食其力的守法劳动者。有一个人称小吴的刑满释放人员，曾因意气用事被判了刑。出狱后不适应发展了的社会，也找不到工作，一度悲观甚至自暴自弃。史运利知道后，便找他谈心，解开他的心结。后来史运利得知小吴会修车，便帮他办了个修车店。现在，小吴的生意很兴隆，他说："史警官就是我一生的贵人。"

史运利把社区里的贫困户和孤寡老人当成自己的亲人。育民社区共有26户贫困家庭，史运利都把他们当成自己的"穷亲戚"，每到逢年过节，他都挨家挨户拜访一遍，不仅嘘寒问暖，还送去生活用品。辖区内还有13位独居老人，史运利都认了"干亲"，亲切地叫他们"干爹""干妈"，叫得他们心花怒放。史运利还经常抽空到他们家中去坐坐，陪他们唠唠嗑，送去他们爱吃的水果，再看看他们还有什么困难。

16 年来，史运利帮助辖区群众办实事、做好事、解难事 1,200 余件，为百姓调解纠纷 1,300 余起，为社区撑起了一片平安和谐的天空。

史运利说："育民社区就是我心中的'家''国'和'天下'，这里的每一位群众都是我的亲人，这里的每一寸土地都是我的家园，我会尽我自己的全力去守护这里的平安与和谐，用真心和真情关爱每一位家人，让温暖、和煦的阳光普照社区每个角落。"

2022 年史运利被公安部授予全国特级优秀人民警察荣誉称号。

2019 年 9 月 12 日，本溪市公安机关"初心·使命"扫黑除恶先进事迹报告会在本溪市文化宫举行。报告会上，市总工会授予先进事迹报告团七名典型民警"本溪五一劳动奖章"荣誉称号。

在那次全市模范表彰大会上，大会献给黄智力的致敬词这样写道：

朗朗青天，岂容鬼魅猖狂，

扫黑除恶，彰显正义力量。

以法律名义，为公道而战，

与黑恶对决，为人民担当。

……

这致敬词是献给黄智力的，也是献给本溪市政法战线上所有守护山城百姓平安幸福的勇士的！

为了采访这篇稿子，我去了本溪市政法委和市公安局，在它们的大楼里，我所看到的都是忙碌的脚步和坚毅、自信的目光。而且，那目光里还透着凛然不可侵犯的威严，让犯罪分子胆寒，让我肃然起敬。

于是，我又想到了那些不在这栋楼里的遍布山城各处的英雄，人民的平安就系在他们的身上。他们用自己的忠诚和热血，托举着平安的大厦和人民的嘱托……

第六章　一枝一叶总关情

一个没有梦想的人
就像鸟儿没有翅膀
一个没有梦想的人
就像船只失去方向
面向太阳，就会是希望

——泰戈尔

1. 一个不能少

2021 年 2 月 25 日，习近平总书记在全国脱贫攻坚总结表彰大会上，庄严宣告："经过全党全国各族人民共同努力，在迎来中国共产党成立一百周年的重要时刻，我国脱贫攻坚战取得了全面胜利，现行标准下 9,899 万农村贫困人口全部脱贫，832 个贫困县全部摘帽，12.8 万个贫困村全部出列，区域性整体贫困得到解决，完成了消除绝对贫困的艰巨任务，创造了又一个彪炳史册的人间奇迹！"

说脱贫是一场"攻坚战"，是"人间奇迹"，就是因为这项工作难度大、涉面广，非一人之力、非一时之功所能完成的。所以，必须调动全党和全国人民的力量，压实各方责任，整合各类资源，攻坚克难，确保脱贫。

脱贫不是一句口号，是有严格的标准的，就是贫困人口要实现"两不愁三保障"。两不愁是不愁吃、不愁穿。三保障是义务教育有保障、基本医疗有保障、住房安全有保障。

脱贫攻坚这几年中，本溪市委、市政府紧紧围绕"两不愁、三保障"标准，成立了五个脱贫攻坚专项工作推进组，有教育扶贫推进组、就业及低保兜底扶贫推进组、产业扶贫推进组、健康扶贫推进组和基础设施建设（危房改造）推进组。制定了六个精准：一是扶持对象更加精准；二是项目安排更加精准；三是资金使用更加精准；四是措施到户更加精准；五是因村派人更加精准；六是脱贫成效更加精准。聚焦精准扶贫，实施挂牌督战，确保全市建档立卡的贫困户 11,885 户、23,854 人全部实现脱贫。

为使帮扶工作精准到户，全市 64 家市直单位向 64 个省级贫困村派驻了工作队，3,410 名机关党员干部与结对村贫困户点对点结成了帮扶对子[①]。这些扶贫驻村干部肩负历史使命，站在历史潮头，扎根农村，深入百姓，殚精竭虑寻找路子，千方百计摘掉贫穷帽子，为农村谋发展，为村民谋幸福。

作为驻村第一书记，他们知道，扶贫，关键在精准，在改变贫穷的路上，不能让一个贫困户掉队，幸福的阳光必须照进每一户房屋，温暖每一个人。他们挨家挨户调研走访，把每个贫困户的家庭状况、收入来源、致贫原因、联系电话等基本情况收录信息库，精准锁定扶贫对象，落实脱贫责任，找准脱贫路径，做到既便于群众监督，又便于因户施策。

扶贫，关键是一个"扶"字。扶着走就不是背着走，而是让他两脚着地，自己迈出步子，你不但要告诉他怎么走，还要告诉他朝哪儿走。在他走不稳的时候，你扶他一把。如果任凭他躺在床上，不肯走动，贫穷只会加重。所以，给钱给物，只解一时之困，合理安排扶贫项目和扶贫资金，才能恢复他的"造血功能"，才能断掉穷根，才能健步行走。

托尔斯泰说，"所有幸福的家庭都是相似的，不幸的家庭各有各的不幸"。贫困家庭便是如此，他们有的读不起书，有的看不起病，有的住危房，有的没有劳动能力，有的摸不着门路，有的缺乏启动资金。驻村第一书记们根据不同情况，开出不同的药方，"一把钥匙开一把锁"。

首先是产业扶贫，有了产业，就有了稳定的收入，就有了脱贫的保障。本溪市把实施产业扶贫当成抓好精准扶贫各项工作的关键，重点实施农业、林业、乡村旅游、"互联网＋"等产业扶贫，建立县级产业项目，通过因户因人施策、挂图作战、叠加式帮扶等方式，精准分类施策。因地制宜地引导和帮助贫困户发展长效脱贫产业，实现由"输血式"扶贫向"造血式"扶贫转变。有的时候，一个好项目，还需要有一个明白人、会干的人来干才行，有的贫困户，你给了

① 马兰《聚焦精准扶贫不松劲 坚决打赢脱贫攻坚战 我市全面夯实贫困人口稳定脱贫各项措施，确保脱贫收官战不漏一户不落一人》[N].《本溪日报》2021-09-16（1/2）
司成钢《本溪政企合力形成扶贫大格局》[N].辽宁日报 2016-11-24（8）

他资金，给了他项目，可是他没有能力、没有经验，照样干不成。这个时候，政府就发挥新型经营主体作用，由县、乡政府和金融机构共同筛选能力强、项目好、辐射广的大户、合作社、能人等，为其贷款，鼓励和引导他们采取土地流转、企业务工、入股分红、技术传授等方式，带动贫困户发展产业项目。

比如田师付镇的本溪山水创意创业产业孵化基地这个项目，他们主要从事根雕、奇石摆件等文化创意商品的加工和销售，在当地规模较大，经济效益也非常好。所以，他们将全镇贫困户的产业脱贫专项资金投入到这里来，以年底"分红"的形式帮助贫困人口增收。企业在孵化根艺、柳编及农产品等创意产品产业时，优先考虑贫困户到基地工作，这样就解决了他们打工难、增收难的问题。一些贫困村由于一直种植的都是"老玉米"，卖不上价钱。现在这些贫困村，改变了种植结构，取而代之的是中草药、小杂粮、食用菌等高附加值农作物，并且发展起了乡村旅游、药材种植基地、农产品加工等，收入大幅度增加。在小额信贷方面，确保有意愿、符合条件的建档立卡贫困户应贷尽贷，扶持贫困户发展庭院经济和特色产业，增强自身"造血"功能。

这样，本溪的民营企业就在扶贫工作中大显身手，通过"政府出资+公司+贫困户""政府出资+委托经营""新型经营主体+金融+贫困户""集体+贫困户"等多种产业扶贫模式，吸引了一批有社会责任感的企业、能人、大户参与到脱贫攻坚中来。

本溪开展以建档立卡贫困村和普通贫困村为帮扶对象的"百企帮百村精准扶贫行动"，是辽宁省第一个开展企业与贫困村对接扶贫的地区，有189家企业精准帮扶161个贫困村。他们签约结对、企帮村、村企共建，采取产业扶贫、商贸扶贫、就业扶贫、捐款扶贫、智力扶贫等多种扶贫方式。

本溪市还先后组织了中草药种植推介会、电商、微商采购贫困村农产品推介会、调整结构拓展产业扶贫会，使产业扶贫成为"造血式"扶贫主线，确保因人、因户施策，采取土地流转、带资入股、企业务工、合作社带动等方式，力争使每一户都有一个可持续的稳定的产业发展项目。

对新普查出来的贫困人口，实行"一户一策一案"，有针对性地落实帮扶政策、制定帮扶措施，坚决防止新增贫困人口。

在基础设施建设方面，实现全市村组通硬化路面率、饮水安全率、生活用电率、家庭环境卫生整洁率、建档立卡档案和"三上墙"等基础资料完整率达100%。实现村级道路畅通、饮水安全、电力保障、危房改造、特色农业增收。他们筹措资金，帮助贫困村上产业项目、完善基础设施；发展人参种植业和建设"粮油加工厂"；修路建桥、架葡萄桩、建清洁能源设施；等等。

对贫困户实施了危房改造。住上新房的村民打心眼里感谢党的政策，桓仁县六道河子村村民李志英没想到自己这辈子还能住上新房子，她一再说："没有党的扶贫政策，俺哪能住上这么好的新房子。你看，房顶上还安了太阳能，俺们也能像城里人一样，在家里就能洗澡了。"

在就业扶贫工作方面，本溪市已建成创业扶贫车间，以中药材、食用菌、大榛子、杂粮、水稻、山野菜、奶油南瓜、紫苏等农产品的种植、加工、销售为主，带动了一批建档立卡贫困户就业。市总工会、人社局、妇联、扶贫办联合举办"春风行动"招聘会30场，提供免费就业服务1.6万人次。同时，还通过落实公益岗位，实施就业扶贫，开展招聘活动、技能培训，实现转移就业和就地就近就业，确保贫困家庭未就业高校毕业生动态为零。团市委、市扶贫办共同举办"青春有爱、筑梦长城"互联网＋扶贫助学活动，募集助学资金，帮扶农村贫困学子。

在健康扶贫工作方面，我市按照《健康扶贫专项行动指南》，全面排查建档立卡贫困人口并建立健康台账；全面做好建档立卡贫困慢病人口签约服务，做到应签尽签。在低保兜底扶贫方面，提高农村低保户、农村特困人员供养标准，实现扶贫和民政保障对象"双纳入"的同时不断提高医疗保障和公共服务水平，逐步解决贫困人口因病致贫、因病返贫的问题。截至目前，全市建档立卡贫困人口大病救治覆盖率、慢病签约覆盖率、重症兜底保障覆盖率均达到100%。

在教育扶贫工作方面，本溪市将因学致贫的建档立卡贫困家庭学生全部纳入资助范围，享受相关资助政策；完成了学前、高中、中职以及精准扶贫户困难学生普惠资助发放。此外还根据前期情况和存在的问题，进一步制订了教育脱贫工作计划和意见。安排专人深入基层，对全部贫困学生家庭进行入户调查，做到底数清、情况明，针对建档立卡户学生严格落实寄宿制学校伙食费减免、学前教育助学金、特殊教育助学金等扶持政策，同时还开展了残疾儿童送教入户工作。为了保障贫困家庭子女就学、贫困家庭幼儿入园，他们还为贫困家庭住宿孩子、贫困学生发放补助；免除"建档立卡"贫困户家庭和孤儿学生的学费、住宿费；发放助学金；为考入高校的家庭贫困学生办理生源地助学贷款。

本溪市还成立了 14 个核查小组，集中对贫困退出工作开展"回头看"。200 多人的核查组分赴基层，对贫困人口的退出情况进行了逐户逐人核查 ①。他们对这些刚刚跳出贫困线人员的住房情况、收入数额、享受政策等逐一进行实地核对，记录在册，并对那些存在重返贫困隐患的人员列出名单，着重反馈给政府部门，使其有针对性地制定相关应对措施。

为政之要，重在实干；实干之要，重在落实。在市委、市政府的领导下，全市上下始终将脱贫攻坚作为重大政治任务扛在肩上，一鼓作气，乘势而上，久久为功，打赢了这场脱贫攻坚战，确保全面建成小康社会，谱写出新时代本溪乡村振兴的新篇章。

2021 年 6 月 3 日，辽宁省委省政府发布《关于表彰辽宁省脱贫攻坚先进个人和先进集体的决定》，本溪市人力资源社会保障局综合办公室主任刘玉斌等 9 人、本溪市扶贫办等 10 个单位获得省脱贫攻坚先进个人和先进集体称号。

终于，经过 8 年精准扶贫、5 年脱贫攻坚，本溪市现行标准下农村贫困人口全部脱贫，贫困县全部脱贫摘帽，贫困村全部脱贫销号，完成了消除绝对贫困的历史性任务，脱贫攻坚战取得全面胜利。

一个不能少，一个也不少，这成果实在是来之不易啊！

---

① 司成钢《本溪三点发力决胜脱贫攻坚》[N]. 辽宁日报 2017–11–30（8）

2. 让心灵不再"贫瘠"

每一个扶贫工作者，在他们的扶贫工作中，都不能不思考这样一个问题：扶贫扶什么？扶贫就是给钱？扶贫就是给物？钱花光了怎么办？东西吃完了怎么办？所以，扶贫的关键就在于，既要扶物质，也要扶精神、扶智力、扶文化。所以，文化扶贫是精准扶贫的一个重要内容。

本溪市重视文化扶贫，从文化和精神层面上给予贫困地区以帮助和扶持，从而提高当地村民的素质，尽快摆脱贫困。所以，要改变贫困地区贫穷落后的面貌，既要从经济上加强扶持，更需要加强智力开发。

"治贫"必先"治愚"，大力发展农村的文化事业，提高农民的思想文化素质和科学技术水平，是促进农村经济发展，从根本上改善农民生活的关键所在。文化扶贫工程，有利于推动社会全面进步。所以，他们把文化、教育、科学普及与满足农民求知、求富、求乐的要求和发展农村经济紧密地结合起来，让文化像春雨一样，滋润村民的心田，像春风一样，吹开他们的心扉，使得他们不仅有摆脱贫困的欲望，更有摆脱贫困的动力。

王岫亭，是市人大的一名工作人员。我最初熟悉她是因为她的历史文化随笔，觉得她的文章有思想、有才华。后来又多次读过她写的赋，其中有写本溪抗联的，有写本溪风光的，原来她的古典文学修养很深厚。在一次市作协的会上，她告诉我说她去本溪县碱厂当了一名扶贫干部。我知道她对本溪农村很熟悉，对农民有感情，那年本溪市精品文学作品创作她就选了农村题材，完成了长篇报告文学《本溪农脉》。这次到农村基层扶贫，也是一种体验生活，我祝愿她完成扶贫任务的同时，也能写出更好的作品。

她笑着说，"我为什么到本溪县碱厂镇碱厂村扶贫？这是命运的安排，我就是在这里出生的，一直长到8岁才离开。如今我48岁了，整整40年，我又回来了，是以扶贫第一书记的身份回来的"。

她告诉我，碱厂是一个"百年古镇"，也是辽东历史文化发源地。碱厂的振兴，既要发展产业、壮大经济，更需要激活文化，繁荣兴盛农村文化。所以，新时期扶贫工作不仅要扶物质，也要扶精神、扶智力、扶文化。在帮扶单位的大力支持和协调下，她为碱厂村协调引进农村基础设施和文化阵地建设资金160万元。经过几年间各级帮扶单位的不断投入，村里的公共文化服务体系建设已经趋于完善，将碱厂村"百年老宅"申报成为省级文保单位，带着村民参加"本溪市文化艺术节"演出，组织村民在报纸上发表文章，宣传地域文化。她还联系市里的作家、诗人到村里参观写作。碱厂村里有个具有200多年历史的龙舞项目，他们经过挖掘和包装，到各大风景名胜区进行市场化演出，农民也有了收入。目前，碱厂龙舞已申报成为省级非物质文化遗产。

王岫亭说："我很庆幸，在钢筋水泥、流光溢彩的都市另一端，可以有碱厂老村这一扇窗。从那里，我可以捕捉到玉米的黄、稻谷的香，捕捉到一个真实的农村，一道灵动、鲜活、向上生长的风景。这里的一草一木、一牛一马，都成为我与农村须臾不会断开的生命脐带，成为我丰富深沉的人生底色，成为我满怀激情投身村庄建设的动力。"

陈国强，本溪市环保局的一名干部，退伍军人。我和陈国强相识是源于诗歌，他经常在《辽东文学》发表诗作。有一天他找到我说："我邀请你来我们村看看。"我说："你不是在环保局工作吗？怎么你们村……"他笑着说："我作为第一书记，到桓仁县回龙山村扶贫已经一年了。这一年中，我们村发生了很大变化，希望你们作协能来看一下。"

我和作协的几位同事去了回龙村，实地考察一番，又听了当地干部群众的介绍。于是我们和村里商量，在回龙山村建立本溪市作家协会创作基地，挂了牌子，组织作家到这个村进行现场采访写作，然后搞了一次征文，目的就是对这个村进行宣传，扩大影响。那天作家们不辞辛苦，乘大客车来到回龙山村，经过参观、访谈、调研，或诗歌，或散文，或摄影，创作了大量的文学作品，真实地记录了回龙山村脱贫致富的感人事迹。

作为村扶贫工作队队长，在四年多的时间里，陈国强深入农户家中，和他们交朋友，和他们说心里话，为他们办实事解难题，比如协调资金、新修村路、架设电缆、结对帮扶，让全村45户贫困家庭顺利脱贫。难能可贵的是，四年中，陈国强笔耕不辍，扶贫创作双丰收。他说："我来到乡村就是扶贫的，因此把全部情感都赋予在这一使命上，哪怕有再难的坎也要跨越过去。"

周晓楠，是2019年省作家协会选派驻本溪县高官镇的驻镇干部。她到了高官之后，我们市作协的几位同志一起去看她。小周高高的个子，爱笑，为人坦诚。她说她在高官的工作主要就是负责宣传，这是难得的锻炼机会，她有信心把这项工作做好。2020年本溪好人评选，我从报纸上看到她的名字，我们向她表示祝贺，她笑着说："关键是你们本溪人好。"几年中，周晓楠发挥了她的专长，在学习强国、人民网和《辽宁日报》《本溪日报》等主流媒体发表各种报道50余篇。2020年春节武汉疫情，她第一时间赶回高官，参加疫情防控。她每天工作16个小时以上，没有休息过一天。她在选派日记中写道："疫情是面镜子，守初心、担使命的干部越照越美；疫情也是大考，坚守一线的干部考试成绩一定不会差！"

她还利用业余时间创办了公益"国学课堂"，吸引了众多孩子前来学国学、诵经典，通过一段时间学习，孩子们不仅能熟练地背诵经典，还从经典里学到了很多传统文化、历史故事，明理做事、懂得感恩。村民说："要不是扶贫工作队进村，我们的孩子就是花钱也找不到这样好的老师，人家还是省里来的呢。"周晓楠说："孩子们就是乡村振兴的希望，扶贫更要扶智，要让孩子从小树立优秀的品德、从小立下远大的志向。所以，我想把我们中华民族优秀的传统文化、爱国思想传授给这些孩子。"

温长发，是本钢的一名退休干部，中国摄影家协会会员，自本钢扶贫工作队深入桓仁县黑沟乡石虎子村开展扶贫工作以来，在五年的时间里，他的镜头始终在捕捉石虎子村在党和各级政府领导下开展的脱贫故事，总计拍摄了上万张照片，并无偿为黑沟乡提供宣传服务，通过文化的力量，为该村扶贫攻坚助力。2020 年 10 月 17 日，在全国扶贫日这天，本钢老年摄影协会联合桓仁满族自治县黑沟乡石虎子村举办《见证"精准扶贫"》摄影展，用精选出来的 100 幅照片，全方位记录了石虎子村从开展扶贫攻坚战役到全部脱贫的历程。照片虽小，记录的却是大时代。

除此，很多扶贫单位也把文化扶贫当一件大事来抓。本溪县田师付镇全堡村是市工商局对口帮扶的省级贫困村，这个村因无区位优势、信息闭塞等，经济一直发展不起来，而且村民思想保守、观念落后。经过调研，市工商局认为，帮扶不仅要帮钱帮物，更要帮思想、帮思路，让他们了解外面的世界，生发摆脱贫困的动力。所以，他们在推出多项帮扶举措的同时，援助村里建起一个微机室，捐赠八台电脑。通过建设网络平台，既帮助村"两委"提升办公水平，也让村民及时了解大山外的信息，为带领全村致富创造条件。

本溪市教育局自 2014 年帮扶桓仁县泡子沿村以来，高度重视文化扶贫，先后为泡子沿村改建了村文化广场，安装了太阳能路灯，解决了村民吃水难问题，并与该村 64 户建档立卡户及贫困学生"一对一"对接，帮助他们完成学业。在各项有力措施推动下，2016 年泡子沿村圆满完成了"脱贫销号"目标任务。市教育局还和维莉文化创意学校建立扶贫联系，给泡子沿农民文化艺术学校赠送 30 套桌椅、700 多本书籍和 50 幅绘画作品，每年教授泡子沿村贫困学生学习绘画技术，帮助他们掌握一技之长。

为树立扶贫典型，本溪市歌舞剧院创作排演了六幕话剧《与你同在》，这出话剧把防疫和脱贫结合起来，以响峪村驻村书记为主要人物，通过艺术手法生动讲述了该村疫情期间发生的既普通又典型的故事。展现了驻村书记忠诚担当、扎根基层，不计个人得失，一心团结村"两委"和广大村民，抗击疫情、脱贫致富的事迹。剧中的丈夫是第一书记，妻子是出征抗击疫情的医生，把两人放到扶贫和防疫这个历史大背景下，小切口中呈现了大主题。

创作期间，剧组多次深入本溪县的碱厂镇碱厂村、东营坊乡宫堡村、小市镇山城子村和青石岭村等脱贫攻坚第一线走访采风，挖掘现实题材。该剧大学生看了，深受鼓舞；扶贫干部看了，感动得流泪；村民看了，说是太真实了，这就是我们身边的事。

文化扶贫，是洒向心灵的甘霖，滋润着干涸的"土地"，长出自信和自强的"春苗"，然后开花、结果……

3. 那些可敬可爱的"第一书记"

从城市来到农村,生活有一个巨大的转变。当警察的、写公文的、抓生产的、搞群团的,一下子和农民打起交道来,和泥土打起交道来,和陌生人打起交道来,那得有一个多大的转变?困难一个接一个,夏天一场雨,道路泥泞,一踩一脚泥。住的条件不像在家一天一个澡,这里就是一身汗身子都黏了,再难受也得坚持。再加上蚊虫叮咬,不分白天晚上。冬天乡村比城市冷,屋里没暖气,冻得睡不着。驻村之后,远离城市,住在农村,家中有多大的事、多急的事也得放一边,老人得不到照顾,孩子得不到辅导,一干就是两三年,没有点奉献精神、吃苦精神是很难坚持下来的。而且,第一书记们的身体也不是铁打的,原本就身体不好的,换了环境着急上火的,风吹日晒头疼感冒的,乡亲们都等着你呢,你能三天两头往医院跑?啥话也别说了,来了就坚持,完不成任务,乡亲们脱不了贫,你还好意思走?

村民有矛盾要找你,对村干部有意见要找你。来到村里,村民对你的期望值不断攀升,你的工作难度就越来越大。村与村之间人们互相攀比,人家干得比你好,变化比你大,村民当面不说,背后议论,你的压力会有多大?

上面的检查、评比、填表、总结、意见卡、责任书、计划书、民情日记……每天忙得不可开交。为村里跑项目、要资金,大家都在跑,大家都在要,资金有限,要成了都赞扬你,要不来,不用别人说自己心里都窝火。和村干部还要千方百计搞好关系,要调动他们的积极性,要是他们消极起来,你就什么也做不成。

扶贫不是休闲，不是游山玩水，那里也和战场一样，忙的时候饭吃不上，病看不上，家管不了。压力大的时候，饭吃不下，觉睡不着，着急上火，嘴上起疱。所以，当了第一书记，没有吃苦精神不行，没有奉献精神不行，甚至没有牺牲精神也不行。

面对这些困难，他们说："扶贫工作的确难，不难要我们干什么？"所以，这些第一书记，从来到村里第一天，就横下了一条心：吃苦，没关系；奉献，我乐意。不改变村貌，不摘掉穷帽，誓不罢休。

讲几个第一书记的故事。

李世庆，本溪市公安局食品药品犯罪侦查支队政委，2018年被选派到本溪县高官镇任"第一书记"，加上各个村的第一书记，这个镇被选派来的一共是14个人。为了方便工作，李世庆设计了一个小红帽，上面印有党徽，党徽下面有"扶贫第一书记"字样，这样村民一眼就能认出他们，有困难，就可以直接找他们。这些第一书记戴上这顶小红帽，便会时刻记住自己的身份，记住第一书记的职责，你不是来休闲度假的，你是来改变贫穷面貌的，贫困人口拔掉穷根的希望就寄托在你的身上。

村民说，李书记一天到晚都在忙。寒富士苹果没销路，他通过网络、手机朋友圈和亲朋好友，帮着推销；村民朱德实地里的土豆和萝卜丰收，他到处联系，卖到市里一些机关的大食堂；低保户李永仁的妻子和孩子都是残疾人，他家养了两头黑毛猪，他帮卖了高价钱；贫困户周维刚有一个小酒坊，纯粮的绿色食品，但销路不畅，他给起个名叫"老兵创业酒"，打开了销路；在路边，看到做小生意的村民就和他谈谈致富的路子；路过村民的大棚，他走进去看看菜苗长得怎么样；看到地里的庄稼，他也要到地里走走，看看庄稼的长势，有没有害虫，收成会怎么样。

他带领镇里扶贫工作人员遍访全镇贫困户，争取资金改善他们的居住环境，改造和维修他们的房子。帮助建标准大棚，扶持中药材产业园，发展木耳扶贫产业。他带领班子成员通过朋友圈、同学群等各种社交软件和社会关系，帮助退役老兵高春田创立了高官镇退役军人自主创业示范基地，扶持沿龙村贫困户退役军人周维刚成为自主创业脱贫示范户。泥塔村退伍老兵、贫困户徐凤金还为他送去一面锦旗,上面写着:"赠高官镇第一书记李世庆:关爱老兵,真心扶贫。"

王守今,本溪市委政研室干部,任平山区桥北街道河东村第一书记。他把乡亲们当家人,乡亲们把他当亲人。访民情、解民意、排民忧、抓扶贫,真心换来真情。

乡亲们说,王守今把村里当成自己家去经营,真想事,真干事。他带领村民修建水泥硬化路面20余公里,在村主要街道安装路灯70盏。过去村民一到天黑就猫在家里不出去,因为外面漆黑一片看不着路。现在好了,村里亮堂堂的,像要办喜事似的,心里老敞亮了。他争取水利部门投资700余万元,修建了清水河河堤550余延长米,打了一眼饮用深水井,村民终于可以喝上放心水了。

王守今配合上级招商引资,搞好村民动迁工作,使市福耀硅砂股份有限公司于2018年9月落地投产,给村里每年增加收入25万余元,带动就业人口40余人;结合上面退耕还林要求,他引导群众大力发展大榛子种植。从2019年至今,带动村民栽种大榛子430余亩。疫情突然来袭的时候,他马上想办法协调到一批医用口罩,还自费购买医用酒精和医用消毒水等防疫物资,组织人员到每个精准扶贫户家里进行消毒、送口罩。他还组织村民成立了文化艺术队、银发党员志愿者和义工队。小小山村一下子就活跃起来,每天唱歌的、看书的、做好事的,村民们都动起来、忙起来、乐起来。村民说:"王书记一来,村里就变样了,咱们的日子也有奔头了。"

李宜夏,本溪市残联干部,下派明山区卧龙街道大浓湖村任第一书记。她抓的第一件事就是整治村容村貌和基础设施建设,村里的路面经过修整,不再坑坑洼洼;庭院打扫得干干净净,垃圾也不乱丢了;实施村屯绿化,清理边沟岔儿;引进移动光纤,改善网络信号;新建文化广场,新增健身器材;修建灌溉水渠,保证庄稼丰收。

李宜夏是市残联的工作人员,职业的敏感让她对村里的残疾人有着更多的关注。她经常到残疾人和低保户家走访,看看他们还有什么困难。特别是新冠肺炎疫情期间,她总是带着一个小本子,把他们的需求记下来,能解决的马上解决。残疾人家里口罩有没有？消毒液有没有？如果没有她自己花钱也要尽快给他们买来。

李宜夏是位女同志，在农村会遇到比男同志更多的困难，可她从来不叫一声苦。她说："看到那些贫困家庭，心里就着急，自己这点困难算什么？只要他们能早日脱贫，自己吃点苦、受点累也值得。"

苑鹏君，市群团中心干部，被派到桓仁满族自治县华来镇果松川村担任第一书记。这个村里大多是老人、妇女和孩子。如何让这些人走出贫困？苑鹏君认为，一定要让这些人打破老旧的传统观念，让他们接受能够增加收入的种植项目。对此，他重点培养返乡创业青年，引进产业大户，引导和鼓励他们发展大榛子、甜瓜、中华蜂等致富项目。为了打消他们怕担风险的顾虑，苑鹏君就对他们说：咱们先不要说不行，出去看看人家是怎么做的。于是他多次带领村民到五里甸子镇老黑山村、雅河乡米仓沟村等地实地考察学习。看到人家的项目后，村民放心了，说他们能干的，我们为什么不能干。眼界拓宽了，顾虑打消了，积极性有了。可是，有了丰收的果实，销售又成了大问题。于是，为了帮助农民销售蜂蜜、大榛子等产品，苑鹏君开始兼职当起"网红"，利用直播带货帮助农民销售农副产品；为解决村里运输难、出行难、饮水难等问题，苑鹏君修村路，安路灯，挖机井，使村民的生活质量一下子就提高了一大截。在担任第一书记的五年间，苑鹏君把自己这个市民当村民，他乡当故乡，带领果松川村从曾经全镇综合排名倒数第一的"后进村"，一跃而成前三的"优秀村"。

杨松涛，新华社辽宁分社选派驻本溪县南甸子镇马城子村的"第一书记"。为了尽快摘掉贫困村的帽子，杨松涛结合马城子村地理特点，选择木耳种植项目。这个项目不仅让村民增加了收入，还为村里提供了20多个就业岗位。为了提高市场竞争能力，他把村里的木耳注册成"冷山泉"品牌，成为特色农产品，向产业化、规模化发展。村民宁长树说："自从杨书记来了，马城子村的变化可大了。"从马城子村到抚顺新宾县界的那条路，以前是条土路，雨天泥泞难走。在杨松涛的协调下，铺上沥青路面，彻底改善了马城子村的路况。经过派驻单位和杨松涛的多次努力，争取到省水利部门的50万元项目专项改造资金，为马城子村安装了180余盏太阳能路灯。这路灯，点亮了偏僻小山村的夜，也点亮了村民的心。

一位叫武明胜的作者看到马城子在杨松涛的带领下发生的巨大变化，激动地在一篇文章中写道："杨松涛是马城子的打井人、栽树人、修路人，当然也是过'路'人，真心希望每一个马城子人都记住他，至少一代人不能忘记他。因为在这块土地上，他曾留下坚实而沉重的足迹，这足迹也一定能印刻在马城子人心里。"

作家魏巍把在朝鲜战场上不怕牺牲、英勇杀敌的战士们称为最可爱的人。那么在和平年代的今天，在扶贫的道路上，抛家舍业、不畏艰苦、勇于奉献的"第一书记"们，是不是也可以被称为新时代最可爱的人？那些摘掉穷帽子，走上富裕路的村民，也永远不会忘记他们。

第七章　纸船明烛照天烧

人类也需要梦想者

这种人醉心于一种事业的

大公无私的发展

因而不能注意自身的物质利益

——居里夫人

1. 一场艰苦的持久战

2020 年，春节已近，新冠肆虐，武汉告急，山城本溪，严阵以待。

新型冠状病毒是此前从未在人类中发现的冠状病毒新毒株，人类对它的了解极其有限。由于它传播快、病死率高，引起中国政府的高度重视。在党的领导下，中国政府果断采取强有力的措施，为阻断病毒传播，为保护人民群众的生命安全，一场惊心动魄的抗疫大战，一场艰苦卓绝的历史大考，在中华大地拉开了序幕。

面对气势汹汹的武汉疫情，本溪市委、市政府未雨绸缪，沉着应对。他们立即成立本溪市新冠肺炎疫情联防联控工作领导小组，组建防控专家组，建立联防联控机制，做好相关物资、药品和检测试剂准备工作，确定市第六人民医院为新冠病毒感染者的医疗救治定点医院。

2020 年 1 月 24 日，大年三十。

这一天，正沉浸在节日喜庆氛围中，一个令人谈之色变的消息在本溪老百姓中不胫而走。本溪市新冠疫情防控领导小组办公室发布的紧急公告称，本溪市出现第一例新冠肺炎确诊患者，此人 1 月 17 日从武汉回到本溪，1 月 24 日确诊。现本溪市第六人民医院正全力对其进行医疗救治。

此时，市疫情防控领导小组决定，立即启动重大突发公共卫生事件 I 级响应，并发布《本溪市疫情防控指挥部疫情防控第 1 号令》，要求全市公交车辆停止营运、立即关闭部分大型人员密集场所，特别是电影院、KTV 以及大型商场内的儿童游乐园、游戏厅等娱乐场所。提示市民不要外出就餐，不允许举办大型婚礼活动，教育部门立即停止一切补课行为，关闭所有幼儿园等。时隔一天，1月28日发布2号令，要求全市个体诊所、村卫生室、社区卫生服务站暂停接诊不明原因的发热病人，但须按规定做好转诊服务。全市城乡药店要对购买止咳、发烧、感冒药物的人员进行实名登记，留下身份证号码和联系方式。

为减少公众聚集，本溪市关停1，554家娱乐场所、宾馆旅店，暂停25家A级景区运营，取消40余项大型文体活动，关闭所有幼儿园和线下培训机构。超市、农贸市场等必须佩戴口罩进入[①]。

面对阻断传染源的重任，面对"三返"人员，即返工、返岗、返学，以及境外输入人群的压力，本溪市紧盯企业、机关事业单位、学校、社区、村屯以及境外的"六道防线"，细化高防、联防、群防、快防、严防、长防、细防的"七防"措施，打好"组合拳"。坚决做到"六个到位"：一是排查到位；二是检查监测到位；三是隔离治疗到位；四是病学调查和居家隔离到位；五是电话告知到位；六是舆情信息发布管控到位。

除夕当天，平山公安分局刑警大队接到排查本溪第一例确诊病例密切接触者的任务，一天一夜的时间，大队长带领队员目不转睛守在万达广场监控室和云战中心的视频平台，在数不清的通行旅客、饭店服务员、商场售货员中，回溯患者行动轨迹，大海捞针般筛选出50名与确诊病例密切接触者。快速核实身份，及时公布信息。

本钢集团，地毯式清扫消毒坚决不疏忽任一细节；本溪县、桓仁县，全力以赴，众志成城；市交通运输局，做好本溪境内部分高速公路收费站临时封闭工作，组织协调市高速公路路政执法队、省交投集团运营公司，开始对本溪市境内部分高速公路收费站进行临时封闭；市生态环境局，积极应对新型冠状病毒感染的肺炎疫情，健全联防联控机制，强化医疗废物处置环境管理；市爱卫办，重点场所消杀与卫生防病宣传同步推进；公安大数据为抗击疫情提供智慧支撑；基层的社区工作者、网格员和志愿者第一时间站了出来，筑起了抗击疫

---

① 郭丹 李志勇 曹林 边娜《全民总动员"九战"护山城——全市防控新冠肺炎疫情工作纪实》[N].本溪日报2020-3-19（1）

情的坚强堡垒……

对未知传染源，严格落实省关于社区、村疫情严查严控 30 条措施。以社区、村为单位，对常住人口、返溪人员和外来人员，实行大排查、严管控。市交通局协调调度高速、铁路、交警、卫生防疫、各县区、本钢等多部门联动守住高速收费站。

面对疫情，白衣战士站在了防控最前沿。

确诊首例新冠肺炎病例之后，市第六人民医院就取消全员干部职工春节休假，医护人员中有的退掉探亲车票，有的在回家的路上下车返岗。作为定点医院，他们立即集中优质资源，优化诊疗方案，全力救治患者。他们组成 10 个小组，每日至少组织一次专家会诊，实行精准化治疗、个体化治疗、中西医结合治疗。全院两个批次、37 人面对疫情挺身而出，成为冲在最前沿的战士。

医护人员被分成若干个小组，4 个小时倒一班，24 小时不间断看护患者。为了节省防护用具，避免病毒流出，4 个小时里，他们不能吃东西，不能上厕所。而整个身体包裹在厚厚的防护服下，像闷在厚厚的塑料袋里。时间一长，汗水湿透，呼吸困难。但他们相互勉励，努力坚持，为的就是让山城早日解除新冠的阴霾。

市第六人民医院感染五病房主任李思阳，是市新冠肺炎应急救治专家组成员，她每天早晨 6 点到院，第一件事就是查看确诊患者病志、分析检查回报单、为隔离病区医生提供培训指导……她不仅要保证原病区的日常诊疗工作，还承担了发热门诊、隔离病房的救治工作。

除第六人民医院，全市 18 家符合条件的二级以上综合医院全部启动发热门诊，设置观察床位，设立集中隔离点、实行 24 小时值班值守，参与疫情防治的医护人员达 2，000 多人。

终于，经过近一个月的奋战，本溪市面对突发新冠的这场"战疫"，终于打赢了。

2 月 19 日，本溪媒体发布的一则消息瞬间传遍整个城市：《清零！我市新冠肺炎患者全部解除隔离出院》。至此，本溪确诊的三例新冠肺炎病例，已全部治愈，医护人员零感染。

但是，患者清零，疫情并未走远。本溪市一方面防控意识丝毫不减，严格布控，另一方面还要全力以赴抓好企业复工复产和保障老百姓的正常生活。

在此次抗疫战斗中，本溪市通过一次次摸索、一次次总结，应"疫"而战，不断健全了制度体系、创新了基层治理，提高了公共应急能力。

就这样，时间一晃两年过去了。两年中，全国各地突发疫情不断，疫情管控也越来越严格。至此，本溪疫情防控进入常态化。

其实，即便进入常态化，管理一点都不松懈。我曾亲身经历两次本溪的严防严控。

第一次，2021 年 11 月 4 日大连市发现一例新冠患者，是庄河市一个冷库员工。没过几天，这轮疫情就波及了坐落在庄河市的辽宁师范大学海华学院。仅两天时间，就有 39 名学生和教职员工确诊，其中有 3 名患者在教师食堂工作。

说来也巧，我是 2021 年 10 月 12 日被海华学院请去给学生讲新闻评论写作课，14 日早饭后乘高铁离开庄河返回本溪。而庄河这次疫情的流调便是从 10 月 14 日开始算起的。

从庄河回本溪已经过去 20 多天，突然有一天晚上，快 12 点了，接到一个电话，对方说自己是彩屯派出所的，询问一下我最近是不是到过大连。

一定是骗子！我居住地是明山区北地街道，如果有什么事情，也应该是北地派出所呀？再说我根本就没去过大连呀！现在网络诈骗非常多，公安局已多次提醒我们要小心，不要上当。于是我很不客气，说我没去过大连，你要干什么，不会是骗子吧？

但是对方非常耐心地向我解释，说是我们要搞一个流调，调查你是否到过大连，什么时候去的，什么时候回来，坐的什么车。

骗子的手法一般就是先跟你聊，让你放松警惕，然后诱你上钩。我对他毫不客气地说，现在已经 12 点了，哪有半夜给人打电话的。

对方见我对他的身份怀疑，就说如果你不相信，可以问一下 110，让 110 转一下彩屯派出所。见他还在啰唆，我索性关掉电话。因为心脏不是太好，加上刚才电话骚扰，结果睡不着了。转念一想，何不试试 110。

"110吗？请转一下彩屯派出所。"

110转了。一个值班人员接了电话："你好，我是彩屯派出所，你有什么事情？"我说："刚才你们派出所有一位同志打电话给我，询问去大连的情况。"他说："你等一下。"

他喊了那位搞流调的同志，这下我终于相信了，他的确是警察。我对他说："刚才态度有些不好，抱歉。"

这位民警同志也向我道歉，说："这么晚了给你打电话，影响你休息。但是事情紧急，为了本溪老百姓的平安，我们必须及时把这件事情落实。"

"我理解，我理解。"

经过这位民警细心询问，我终于想起来了，我虽然没有去过大连，但是去过庄河，庄河就是大连所辖，于是我把自己的行程和时间以及回到本溪的情况详细告诉了他。

我对这位民警同志还是很钦佩的，尽管我的态度不好，但他一直很耐心，也很理解。第二天，市疾病控制中心、街道办事处、社区、区防疫部门等，都给我打来电话，详细询问行程、时间、回来之后去了哪里，还要求我去做一次核酸检测。我都按要求一一做了。社区的同志还和我加了微信，准备随时了解情况。

第二次是2022年春，沈阳疫情管控，小区封闭，我滞留沈阳。5月中旬，沈阳解封。于是我坐私家车从沈阳返回本溪。事先知道路上检查非常严格，所以找来关于外地人员来溪返溪的规定，提前三天向社区报备，提前一天做了核酸检测，带好了手机、身份证，出发。

车走底道，就是沈本产业大道，很快到了本溪和沈阳的交界处，接受大白检查。大白看了身份证、检查了核酸检测报告、行程码、社区报备，然后对司机说："你的车号和报备的车号不对呀？"司机马上解释说："我家里两台车，报备的那台车临时有故障，所以换了一台车。"

我想这下麻烦了，还会让你走吗？

没想到大白很客气地说："别急，车先靠一下边，你再给社区打电话，让他们在报备单上改一下车号。"

司机马上说声"谢谢"。然后掉头，靠边、联系社区。社区那边说"好的，稍等"。不到 5 分钟，新的报备单便通过微信发了过来。我们松了一口气，重新排队过卡。

可是问题又来了。大白说："你这报备单上是一个人，可你车里是三个人呀。"我们解释说："是这样，我们不住一个社区，我们在另一个社区报备的。"大白说："那不行，你的车里三个人，都要添在你的报备单里。"

我们只好再掉头，靠边，联系社区，向社区解释说，虽然另外两个乘车人在他们居住的社区报备了，只是大白要求同乘的人都要添到开车人的报备单里。社区的同志马上说："好的，你稍等。"又过了没有 5 分钟，新的报备单发了过来，我们重新排队，过关。司机的报备单没问题了，又看我的报备单。看后说："你这不行，怎么只写一个人呀？需要重新报备。"

于是，又掉头、靠边，我给我所在的社区打电话，说我们报备的是两个人，你怎么填一个人呢？社区的同志说："没问题，后面标了带一人。你细看看。"仔细一看，果然如此。原来我和我爱人不是同时报备的，原打算爱人一人回去，报备一人。后来我也要回去，便又报备，社区的同志就在下面添了"带一人"。于是我们再次掉头、排队，给大白看。大白笑了，带着歉意说："对不起，我看得不仔细。"他向我们摆摆手，示意我们过去。

这两件事，虽然搞得我们很麻烦，但我却从心里佩服这些防疫的同志，不厌其烦，一丝不苟，而且态度极好。是他们用自己的责任心，编织起一张牢不可破的网，不准有任何一条"漏网之鱼"。有了这些人的辛勤工作，本溪能不平安吗？

转眼间，新冠肆虐已经两年多，快三年了，本溪之所以在这场疫情中经受住了考验，防疫、生产两不误，关键就在于市委、市政府决策果断、响应快速、管控严格，常态化抓好疫情防控，坚决筑牢"外防输入、内防反弹"的坚固防线。

两年间，本溪的防疫之路让人深深地感受到，任何大疫面前，任何紧要关头，只要上下一心、团结一致、众志成城，就没有战胜不了的困难。

2. 吹响战疫集结号

我在网上听到一首歌,《平凡时光——献给抗疫一线的你》,很感动。歌词
是这样的:

汗水洒落在脸庞

辛劳印记在手上

岁月蹉跎了锦瑟

用爱搭建幸福桥梁

无数静谧的夜晚

归途为你点亮

黎明前坚定脚步

甘暖万家的心房

一滴水珠也能折射出光芒

一颗种子也有破土的力量

那里心灵之花静静开放

那里理想之树万丈光芒

……

我要奔跑在这平凡的路上

挥洒生命用尽蓬勃的力量

我的归宿我的热血一腔

在心扎根血液中流淌

这是 2022 年 4 月，在微信群里被很多人转发的让人精神一振的歌，歌名叫《平凡时光》，由本溪青年歌手王群演唱。画面中，那些抗疫一线的英雄群像，那一副副坚毅的脸庞、一个个迎难而上的身影，让人泪目。

此时，在全国，吉林疫情、上海疫情、北京疫情，还有近在咫尺的沈阳疫情、丹东疫情，可以说，在此病毒肆虐之际，本溪市委宣传部推出的这首 MV，让人听了，不仅仅是感动，还有一种撼人肺腑、鼓舞人心的力量。

有人说，严重了吧，一首歌会有这么大的力量？你不信是吧。

20 世纪 80 年代中期，非洲发生饥荒，爱尔兰歌手鲍勃·吉尔多夫来到非洲，让他触目惊心的是，非洲很多国家饿殍遍野，难民无数。为了援救非洲难民，救人于水火，鲍勃·吉尔多夫提议以义演的方式，引起全世界对非洲难民的重视和救助。当时他还是一个三线歌手，他甚至怀疑自己的号召力。没想到，他的提议一经提出，立刻得到全世界顶级摇滚歌星的响应，包括美国著名歌星迈克尔·杰克逊和莱昂纳尔·里奇。而且，他们还写了一首歌《we are the world（天下一家）》，并邀请美国当时著名的 54 位歌星演唱。这首歌立刻传遍世界，影响和鼓舞着全世界的人们关注非洲饥荒，拯救非洲那些因饥饿在死亡线上挣扎的人。

这就是音乐的力量、文艺的力量、宣传的力量。

2020 年，武汉疫情突发，来势汹汹，确实让人措手不及。这个时候，宣传工作便凸显出它的稳定大局、鼓舞士气、凝聚人心的重要作用。

此刻，正是宣传工作大显身手的时候，它必须全方位介入疫情防控工作，发动群众、组织群众、凝聚力量、增强信心，营造坚决打赢疫情防控阻击战的良好舆论氛围。

由市委宣传部牵头，市网信、公安、文旅、教育、卫健、报社、广电台、本钢集团等单位和部门组成的宣传组，全面统筹调度疫情防控宣传工作。在市委宣传部的安排部署下，把防疫宣传工作，做得扎扎实实、深入人心，为坚决打赢疫情防控的人民战争、总体战、阻击战提供舆论支持。

面对突发疫情，面对复杂形势，必须让老百姓重视起来，但这个重视，绝不是恐慌。既要市民了解新冠肺炎疫情的严重性、复杂性，增强防护意识，摒弃麻痹思想，又要进行科普解读，了解防护措施，增强必胜信念。

大年初四，休刊的《本溪日报》立即推出电子报；本溪电视台滚动字幕在124个频道上24小时不间断播报；本溪电台整点播报《"战疫情"特别报道》。紧接着，《本溪日报》纸质版、电子版、融媒体微信公众号、本溪网、燕东e网、《微宣本溪》微信公众号，本溪县、桓仁县融媒体中心平台，本钢新闻及新媒体、各城区官微平台等，都行动起来，宣传市委市政府防疫措施、报道疫情防控情况、解读防疫科学知识。

市委宣传部、市文明办、市志愿服务联合会迅速发出《致全市广大志愿者的倡议书》，号召广大志愿者争做疫情防控的带头人、引导群众的宣传员、健康本溪的呵护者、服务群众的贴心人，积极投身疫情防控工作中来。

2020年1月30日，市文明办、市志愿服务联合会发出了《助力本溪防疫攻坚，我们需要你！志愿服务招募令》，发起成立全市疫情防控应急志愿服务队。同时，市志愿服务联合会动员全市近10万名注册志愿者行动起来，参与防疫志愿服务活动，成为联防联控、群防群治工作中一支重要力量。

为宣传国家防疫政策及有关科学防疫知识，市文明办印制了新冠肺炎宣传挂图，全市各乡镇利用大喇叭、宣传栏、电子显示屏、横幅等载体平台，广泛开展疫情防控公益宣传、防控科普知识宣传、卫生行为习惯宣传等。通过发放防控宣传资料，张贴防疫标语、条幅、警示牌、微信、短信和QQ等，广泛宣传防疫知识，甚至连最细微的防疫知识点都反复宣传，如怎样正确戴口罩、怎样洗手。

防控疫情宣传中，本溪创造了"公开信+全媒体"的宣传形式，四大班子、各个职能部门发布了面向一线工作人员、一线医护人员、驰援武汉医务人员、城乡居民、老年朋友、妇女界等各个领域、不同群体的系列公开信，情真意切，润物无声。让人看了，备感温暖，信心倍增。全市还原创制作投放了《@本溪人，我们微倡议》《战"疫"＋"斗"雪，我们有话说》H5、大本哥微信表情包、漫画战"疫"、抖音小视频、歌曲MV、战"疫"三字经等一批极具本溪特色、符合现代传媒特点的宣传产品，广大市民纷纷转载。

在科普宣传方面，密切跟踪疫情研究成果，推出防疫科普宣传专题和大量科普知识宣传报道，科学引导公众正确认识和预防疫情。

在抗疫典型宣传方面，深入挖掘广大医务人员的感人事迹和人民群众的凡人善举。本溪日报推出"战地日记"、本溪电台特别策划"两地情、心贴心"、本溪电视台推出"一个家、两座城"等典型栏目，新华社官方账号《新华视点》、人民网、中国日报网和网易等平台先后对"米花妈妈""'不听话'的社区书记"等典型人物进行宣传。

市公安局还启动战时先进典型宣传机制，在推出许多有温度、有泪点、有人情味的"暖新闻"的同时，加强对疫情及防控措施的科普宣传，组织拍摄专班录制了《本溪公安说战"疫"》音乐快板《拒绝"聚集"从我做起》小视频、战"疫"主题歌曲MV《忠诚警魂》、短视频《疫情过后你最想干啥？》《战疫、坚守》等作品。他们还利用无人机做空中"哨兵"，通过无人机和巡逻队员进行"空中＋地面"的立体宣传模式，实现宣传的点面线结合。在火车站和市政府广场人流较多的地方，在无人机上悬挂红色防疫宣传条幅，上面印着"戴口罩、勤洗手、不聚集"9个大字，非常醒目，对过往群众是最好的提醒。

医院是防疫宣传的重要场所，疫情期间，各医院除了做好防疫工作外，在疫情宣传上也是做足了功课。他们发挥自己的专业所长，宣传普及防控新型冠状病毒的科学知识，在科室内和院内外开展多种形式、创新性、接地气的宣传科普工作，让患者在就医看病的同时，也增加疫情防控知识。

本溪县第一时间发布中央、省、市防范疫情新闻报道动态和权威公告，把党和政府的声音传到千家万户。同时，通过增设宣传车、利用出租车小屏幕等形式开展宣传。针对地域面积大、住户位置分散的农村地区，利用"大喇叭"的形式每天定时滚动播发宣传信息，切实保证防疫信息和常识第一时间传达给村民。

桓仁县在防疫宣传上，抢占主流宣传阵地。县融媒体中心采取开辟专栏、口播通知公告、反复播放滚动字幕等方式，宣传国家、省、市疫情防控相关政策措施和工作要求，确保上级部署第一时间落实到位，让广大群众足不出户也能了解最新疫情防控动态。

疫情牵动着全国人民的心，也牵动着广大文艺工作者的心。市委宣传部和市文联发动文艺志愿者积极开展"众志成城、抗击疫情——文艺界在行动"主题创作活动，用文字、书法、歌声等多种形式助力疫情防控工作，先后组织开展了"共度时艰，战胜疫情———本溪市群众书画作品微展""抗击新型冠状病毒／摄影人在行动""共克时艰，防控疫情"等主题书画作品微展、"众志成城防控疫情"主题书法作品微展等文化活动。创作了豫剧小段《悬壶之师展雄威》、原创评书《特殊的生日》、快板《战病毒》、MV《我们在一起》、歌曲《城市并不是孤岛》、本溪防疫表情包等作品，并被人民日报、新华网客户端、学习强国、辽宁日报等媒体广为转发。非遗传承人高淑珍以"三字经"的形式创作剪纸作品，助力疫情防控宣传，为抗疫阻击战加油打气。评剧艺术家张丽华精心创作了评剧小段《誓把瘟神一扫光》，表达了全国人民在党的领导下，战胜疫情的决心和斗志；我市曲艺名家邢了创作表演的快板《战病毒》，在鼓舞斗志的同时还普及了疫情防控知识；高崇、邢燕来作词，曲艺配乐朗诵的《同抗疫情迎春来》述说着满乡儿女阻击疫情的豪情；杨培彬创作的歌曲《白烛》深情歌颂了战斗在一线的白衣天使，而《中国一定赢》则表达了战胜疫情的信心；还有我市的画家们也创作了很多抗击疫情的宣传画。我市的作家诗人们也积极行动起来，奋笔疾书，创作了多篇战疫情的《三字经》、报告文学、诗歌、散文等，宣传疫情防护知识，讴歌战疫一线英雄，增强全市广大干部群众战胜疫情的信心和斗志。

这一声声战胜疫情的集结号，像海风鼓起的风帆，让远航的船充满必胜的信念，闯过一道道惊涛骇浪，驶向胜利的彼岸。

3. 这世界有那么多人

2020 年 9 月 8 日，全国抗击新冠肺炎疫情表彰大会在北京人民大会堂隆重举行，受到表彰的全国抗击新冠肺炎疫情先进个人有 1,499 人，辽宁省 40 人，而我们本溪有 3 人。这 3 人分别是：本溪市中心医院干诊三病房主任、主任医师李珉，桓仁满族自治县二棚甸子镇党委书记侯广宇，本溪市桓仁县公安局华来派出所原所长朱哨兵。同时朱哨兵同志还被授予"全国优秀共产党员"光荣称号。

李珉作为本溪市第一批援鄂医疗队领队，奔赴疫区武汉。在那里，穿上防护服，戴上防护镜，她就是坚强的白衣战士。脱下防护服，她就是援鄂医疗队的知心大姐。

侯广宇，桓仁县二棚甸子镇党委书记，他在工作岗位上得了重症心梗，心脏下支架后立即返回工作岗位主持全镇疫情防控工作，人们称他为新时代的"拼命三郎"。

朱哨兵，生前系桓仁满族自治县公安局华来派出所所长。2020 年 4 月 6 日晚，在扑救突发性火灾中英勇牺牲，年仅 47 岁。

本溪，在这场疫情中，虽不是旋涡中心，却以一颗赤子之心，向祖国和人民交上了一份合格的答卷。

1 月 26 日，农历大年初二，市中心医院接到援鄂命令，立即发出通知，瞬间 200 余份请战书雪片一样飞来。被批准南下武汉的 5 朵金花，立刻收拾行囊，与父母子女简单话别，马上踏上了驰援武汉的征程。

2月14日中午，市卫健委接到通知，要求紧急派遣3名流行病学调查人员和1名从事核酸检测工作的实验室检测人员，赶赴襄阳执行阻击新冠疫情援助任务。不到半个小时，队伍集结完毕，甚至来不及与家人告别，即刻便奔赴襄阳。

从2020年1月26日，本溪派出首批由11名医护人员组成的援鄂医疗队，至2月20日，已经有四批医疗队飞赴武汉，这四批医疗队共有79名白衣战士，他们临危受命，奋不顾身。

由于疫情的不确定性，人们心底未免有些恐慌。特别时值春节，大街空寂，行人寥寥。虽然尚未封控，但却一片沉寂，一种莫名的压抑笼罩人心。

但是，就在这样的情况下，我们这些医护人员却挺身而出，他们明知山有虎，偏向虎山行，明明知道新冠的猖獗，却没有一丝的畏惧。有一张照片，是本溪援鄂的医护人员们，在到达武汉机场后，拍照留念，她们的眼神沉着、坚毅，怀着必胜的信心，微笑着。

但是，家乡本溪的人民却不能不牵挂着她们。

忙碌工作中的李珉，终于抽出时间回答家乡人民的关切，她说：

"每天在抗疫前线，身边都是忙碌的同行和焦急的患者，心情总是沉甸甸的。看了家乡发来的问候，我的眼眶有些湿润，更瞬间驱散了我心底萦绕多日的阴霾，如一股暖流，流入内心深处，带来了阳光、踏实与温暖。

"人们都说我们是逆行的英雄，在报名那一刻，相信每一位医务工作者都不会考虑这些，治病救人是医生的天职，国家有难，武汉有难，我们此刻若不挺身而出，更待何时？

"我生在本溪，长在本溪，是本溪培养了我，如今得以回报家乡，我义不容辞。感谢家乡父老的惦记，在你们的支持与鼓励下，我们一定不忘医者初心，不负人民重托，有信心早日战胜疫情，胜利还乡！"

其他医护人员也用日记的形式记下他们在湖北的日日夜夜：

"除夕接到指令，正月初一准备行李，正月初二出发……被疲惫包裹的我们，在武汉的第一个夜晚，睡得特别香甜。

"晚18时15分，我们一行5人到达武汉机场。武汉的夜景色彩斑斓，立交桥上虽灯火通明，却难见车辆和行人。

"湿润的空气裹着寒风迎面而来，空旷的机场室外等候区，满眼都是陆续抵达的来自全国各地的医务工作者以及防护物资，远不同于飞机上看到的清廖和安静。我们热血沸腾，意气风发，有决心与全国医务工作者一同凝心聚力，众志成城抗击'新型冠状病毒感染的肺炎'。

"我们被分配到武汉协和江北医院、蔡甸区人民医院。入住知音莲花湖酒店后，我们整理完行李，洗漱完毕后已是凌晨1点多。

……

"吃过早饭，时间已经到了9点钟，全体辽宁支援武汉医疗队员，举行了动员大会。蔡甸区区委、区政府领导到培训现场慰问辽宁医疗团队，辽宁省卫生健康委员会带队领导做工作部署。同时，为建立沟通交流方式，我们分组建微信群，并成立'辽宁省援助湖北应对新型冠状病毒感染的肺炎疫情医疗队临时党支部'。64名党员高举党旗，激昂宣誓。党支部的战斗堡垒作用和党员的先锋模范作用，激励着我们医务工作者，大家都表示要用实际行动诠释天使大爱、保卫人民健康。"

……

挺身而出、慷慨以赴，没有丝毫犹豫，没有丝毫畏缩，就连他们的亲人也是深明大义，不舍与担忧之中，更多的是支持和鼓励。

李珉的女儿在国外留学，也出现了发热症状，但她把担忧和思念压在心底。因为她是援鄂医护人员，她是医疗队的领队，她的工作代表了辽宁本溪，她还必须关注每一个人员的健康，要把她们平安带回。当医疗队即将圆满完成任务准备回家时，她才给女儿发去视频说："妈妈亲身奋战在一线，面临着病痛的患者，面临被感染甚至付出生命的风险，我和所有医护人员没有因为恐惧而退缩，我对得起医生这个职业，更对得起这个时代，妈妈是骄傲的！希望你也是勇敢的，疫情面前没有退路，唯有打败它！"

市中心医院重症医学科的护士长、副主任护师王洪波主动请缨援鄂，临行前，婆婆给她发了一条微信：

"宝贝，在你踏上征程之际，妈妈想和你说几句心里话：在国家有难、人民有危险之时，第一时间被领导选中，奔赴前线——武汉，爸爸妈妈为你骄傲，这说明了你是一个非常优秀的白衣天使，不仅有温和的性情，更有身过硬的本领，全家人都把你作为自己的榜样。

"大年初一，你为了不让爸爸妈妈辛苦，从上午一直忙活到下午，为亲人们做了一顿丰盛的晚餐。当你坐到餐桌前，大家举杯庆祝新春佳节，并感谢你的时候，你的电话铃声响了……孩子，听了你接到的命令，一家人都不语了，刚刚议论武汉的疫情，你就要亲赴前线……作为（与你）相处二十年、情同母女的我更是心绪难平，从心底讲，我不想让你去，看不见的危险将时刻围绕你，随时都有被侵入的可能。可是妈妈也是一名医务工作者，妈妈深深懂得，你的行动是在履行白衣天使的职责……妈妈再有千般的担心、万般的不舍，妈妈也得支持你。孩子，放心地去吧。在你尽职尽责的同时，时刻注意要保护好自己。孩子，你的出行已经带走了爸爸妈妈和全家人的心，每天一定要记得给家人报个平安。家里你就放心吧，我们会照顾好他，在你凯旋的时候，我们全家去迎接你，我的宝贝。"

看了这条微信，王洪波流下了眼泪。

侯秋阳是中心医院重症医学科护师。在赴武汉的路上，她收到妈妈发来的短信：

"白衣天使这个神圣而又美丽的名字，她是生命的守护神，但在名字的背后有多少的艰辛，有多少的奉献，又有多少的家国情怀与担当。如果说军人是新一代最可爱的人，他保家卫国守护边防，那么医务工作者也同样，只不过她的战场没有硝烟，但她的捍卫更加神圣，因为她守护的是人类生命的边防。

"身为一个医务工作者的母亲这样形容她们真的不为过，虽为天使，花香群芳，她给的是患者希望的柔和光芒。这就是我的女儿侯秋阳，中心医院一名普通医务工作者。面对国家的危难，你义无反顾，妈以你为荣，给你点赞，疫情过后马上回家，这里还有你的牵挂，老妈等你胜利归来。"

侯秋阳说："大年初二，我们已经踏上征程，不敢看爸爸妈妈的眼睛，虽然父母万分支持，但是他们的心思我懂。在他们眼中，我仍然是孩子，还需要被人保护，不敢告诉家里年迈的奶奶、姥姥、姥爷，怕他们会担心。"

本钢总医院急诊科有个主管护师叫金珊，17 年前非典疫情暴发的时候，金珊的母亲李秀丽，是本钢总医院检验科的护士，关键时刻，不顾个人安危，主动请缨，第一批进入该院发热门诊，而且一干就是三个多月。那时的金珊年纪尚小，但母亲却成了她的榜样。17 年后，面对新冠肺炎疫情，作为急诊科护士，金珊第一个报名，她要像母亲那样，关键时刻站得出、冲得上。在武汉抗疫一线经过 50 余天的奋战，金珊凭借在急诊科多年练就的扎实本领，克服种种困难，出色地完成援鄂任务。2020 年 12 月 29 日，金珊得知自己被评为 2020 年 11 月 "中国好人" 时，她有些腼腆地说："这样的荣誉对我来说，压力挺大。不过我会把压力变成动力，对自己的要求更严，把工作做得更好。"

2020 年 5 月 11 日下午，在第 109 个国际护士节到来之际，市文明委在市中心医院举行 "本溪好人·最美防疫医务工作者" 颁奖仪式。共有 117 人受到表彰，他们是最美防疫工作者，更是新时代最可爱的人。

2022 年 4 月，桓仁县委宣传部发布了一个视频，童声合唱《这世界那么多人》，制作者略改了一下歌词，制成 MV，献给抗疫英雄：

这世界有那么多人
人群里藏着一个你
你坚毅的背影温暖了
每一个阴霾的清晨

这世界有那么多人
多幸运我有个你们
这悠长命运中的晨昏
总有你守护前行
心连心共克着时艰
平民英雄义无反顾踏征程
青春的热血，沸腾着希望

有你在不再惊慌

阳光中闪耀智慧和勇敢

春风里书写力量与担当

阳光中走来你一身晴朗

身旁那么多人守护着你我安康

这世界有那么多人

多幸运我还有你们

在国歌唱起的这座城

万众同心扫浊尘。

2022 年央视春晚上，韩红深情演唱了这首歌。现在，桓仁县实验小学莲沼童声合唱团演唱的时候，孩子们那稚嫩却饱含深情的童声，让听者无不动容。

第八章　为有源头活水来

梦想是生命的灵魂

是心灵的灯塔

是引导人走向成功的信仰

有了崇高的梦想

只要矢志不渝地追求

梦想就会成为现实

奋斗就会变成壮举

生命就会创造奇迹

——罗伯·舒乐

1. 三个女孩的故事

我第一次听到《成都》这首歌曲的时候，就深深地被《成都》的旋律，被赵雷的嗓音，被《成都》的歌词所打动：

让我掉下眼泪的

不止昨夜的酒

让我依依不舍的

不止你的温柔

余路还要走多久

你攥着我的手

让我感到为难的

是挣扎的自由

……

和我在成都的街头走一走

直到所有的灯都熄灭了也不停留

……

这是一个歌手为一座城市写的歌，歌曲火了，歌手火了，成都也火了。

一首歌唱火了一座城，这样的例子很多，但也很难。《太阳岛上》唱红了哈尔滨和它的太阳岛,《康定情歌》唱红了康定,还有《可可托海的牧羊人》《回到拉萨》《漠河舞厅》《乌兰巴托的夜》等，都唱红了它们所歌唱的那个城市。

这些年，很多城市都希望能有一首歌，一首属于自己城市的歌。

一个偶然的机会，我听到一首叫作《本溪》的歌，虽然曲调稍显稚嫩，但歌词却让我倍感亲切。

本溪

我抬头望平顶山上的小小楼阁

我低头看太子河畔曾有的村落

陈记李记王记的牌匾也褪了颜色

离家这么些年 我还记得什么

东明路的那家烧烤店生意红火

龙山泉的啤酒有那么多的泡沫

拿着野山力的少年过完整的夏天

排着队的炸鸡店 被岁月搁了浅

说了这么多水洞我还没有真的去过

剪窗花的老阿婆我也没有见过

心上的人儿啊是哪一年的同桌

分分合合他现在在哪里呢

我抬头看平顶山顶上的萦萦香火

我低头望太子河畔高楼座座

那充满故事的老街越来越少了

亲爱的故乡啊 今夜梦见你了

……

本溪啊 我究竟是你的什么

我的童年 我的英雄梦 沉溺在你温柔的眼

本溪啊 你究竟是我的什么

在未来的某年 当我疲倦了 想家了

你就在这 静静地等着我

我们且不说这首歌的旋律，仅这贴地气的歌词，就让本溪人和本溪在外的游子，尤其那些大学毕业在外地工作的年轻人，撩起了思乡之情。

这首歌的词曲作者和演唱者，是一位叫四喜的姑娘，她叫高晓晴，是本溪市高级中学的一名音乐老师。

她说，为本溪写一首歌，是她一直以来的愿望。这首歌在网易云音乐上刚一发表，就获得大量的点赞。仅两个小时，评论、留言就已上千，她的微信、QQ响声不断，认识的不认识的，都找到她，诉说自己对这首歌曲的感想，诉说着自己的思乡之情。

这位四喜姑娘说："《本溪》这首歌在榜上排到了很多明星新歌的前面，我很高兴，有一种火了的感觉。"

她接着说："其实，《本溪》火了，但火的不是我的歌，而是在外的本溪孩子想家了。跟帖的不光有市高级中学的，还有很多二高、一中、县高和其他学校的毕业生……"

我在网上找到了这首歌，并仔细阅读了后面的留言：

网友尹宝氏无所畏惧："在卷纸不断，模考不断的高中生活中，我只想着赶快逃离，想去看看偌大的世界。但当我真正离开又觉得一切是那么难以割舍。"

网友春未江南梦已老："在本溪听《成都》，在成都听《本溪》。"

网友JewadeYu："离开本溪，一个人在陌生的城市生活，看到'东明'两个字瞬间热泪盈眶，最后的背景音是火车站广播'本溪到了，祝您旅途愉快'，如果真的再听到这句话，我希望是'本溪到了，您已经结束旅途，祝您回家愉快'。"

网友市高中2016届杜显一："在济南听这首歌，想家了……"

网友把寂寞唱出来："本高17届翟禹博在南京的寝室听哭了。"

网友大帅宇："县高承载着我们太多太多的回忆，特别想回到那个无忧无虑的时光，再一次和兄弟们打闹。"

网友心安即故乡："我在武汉，不是本溪人，但他是。好奇那是个怎样的地方，是充满小吃的美味坊，是可以零下十多摄氏度的冰雪世界，还是充满喜乐伤悲的回忆厅……"

网友我叫龙井不是茶："想念本溪的特供，想念街边小烧烤，想念环球炸鸡，想念北地坛肉米饭。想念太子河的水声哗啦，想念望溪公园晨风和夜色，想念冬日飞雪下一步一步踩出的嘎吱声；想念校园里与同学的欢声笑语，想念深夜酒店里酒杯碰撞的琳琅满目。我曾在，我离开。我经过，我想念。我们各奔东西，不再回顾往昔，一切皆为美忆。"

网友 Antony 非鱼："在南京，再次听到这首歌，别是一番滋味，想回本溪，想回本高。"

网友很特殊是例外是宝贝："2021 年 1 月 14 日，二高 20 级毕业生，今天考完高数，还有英语和计算机马上就能回家了，不想挂科哈哈，想吃本溪的吃的了，哪里的都没本溪的东西好吃……"

网友洛绡 LX："本高 20 届毕业生，本不觉得会有乡愁的我，终于还是哭了两个小时，乡愁愁的到底是那个地方那个人，还是那段时光那段情？"

网友反复听《本溪》："有人说'成都是一座来了就不想离开的城市'。我觉得，'本溪是一座离开就无尽想念的城市'。"

……

我仔细看了所有的跟帖，几乎都是本溪在外的学子，看湿了我的眼睛。

我们都知道，本溪高中和其他几所中学的学子，每年都考上了那么多的名校——北大、清华、人大、浙大、复旦、天大……一方面，我们为他们高兴，为他们自豪，可另一方面，我们也常有遗憾，这些优秀的学子，离开了，很多就不再回来了。

可是，看了那些留言，我才明白，他们是那么想家，那么爱他们的本溪。

第二个要讲的是那个叫王帆的女孩的故事：

还记得 2017 年中央电视台的《中国成语大会》吗？那个思维敏捷、从容不迫、处变不惊、异常冷静、镇定自若，江湖雅号"小帆老师"的北京大学文学博士王帆，就是咱们本溪人。

一个青春靓丽、才华横溢的女孩，谁能不喜欢？正因为有了王帆的存在，正因为王帆的精彩表现，《中国成语大会》的收视率才节节攀升。

参加《中国成语大会》的选手可谓众星如云，可偏偏王帆被众星捧月，并担任"春秋队"的队长，就是因为她太突出了。我们且不说她的长相如何靓丽，我们且不说她的知识如何渊博，我们也且不说她的临场反应如何机敏，单说观众和主持人对她的夸赞，就足以让我们为山城有这样的好女儿而自豪起来。

网友说她"行动如关羽，性格如刘邦，心胸如张良"。粉丝说她："王帆有君临天下的气质，她居第二，谁敢言第一？"中国新闻网称她是最受关注的"人气王"，主持人张腾岳提到王帆竟不吝用上了"领袖群星""美女领袖"这样的赞词。本溪作家刘兴雨专门写了一篇文章，赞扬王帆说："她身上既有古代女子的典雅闲适，又有现代女性的大方开朗。她在聚光灯下的一举手一投足都显得温文尔雅落落大方，沉静而不冷漠，热情而不张扬。我们作为她的乡亲，就像听到别人夸自己闺女一样受用。"

这次《中国成语大会》的比赛规则，比较注重配合，不但自己的实力要强，是否取胜还要看搭档的实力，只有两人配合好了，默契了，才能赢得比赛。在冠军赛中，八强选手在同题双音节环节就上演了精彩对决。王帆以"根上"猜中"拔本塞源"，这是一个并不常见的成语，一般很难猜中。又以"珠玉"一词猜中"十步芳草"。主持人张腾岳表示不解，因为两者之间没有什么联系呀。王帆的一番解释，让众人恍然大悟。原来她在和搭档练习的时候，拿"珠玉在侧"和"十步芳草"互解。嘉宾郦波发自内心地佩服，他说王帆和搭档这种互解的方法叫"切口"，也叫"暗号"，只有她们自己听得懂。

这届《中国成语大会》，吸引了全国 3 万多名成语爱好者报名，上千人参加了在北京的海选，36 位选手进入了总决赛。经过 11 场激烈争夺，最终有 8 人进入冠军争夺战。

在冠军赛中，8 位选手先是分成四组，进行 6 个回合的积分排位赛，这次比赛因为是分组淘汰赛，你自己再好也没用，需要看和对手的默契程度。虽然王帆最后遗憾地获得了第四名，但是她的才华是有目共睹的。所以在冠军争夺的最后关头，那个叫唐蕊的小姑娘选了王帆作为她的搭档，在王帆的帮助下，两人配合默契，一路过关斩将，终助唐蕊战胜对手。其实，从唐蕊选定王帆做搭档的那一刻，在观众心中，冠军的归属就已有定论。所以唐蕊说："我的这块金牌并不只属于我自己，还有王帆。"

王帆的高光时刻并非仅此一次，她在北京卫视 2015 年《我是演说家》第二季的演讲《你养我长大，我陪你变老》，打动了很多人。特别是她在演讲中的那句："我现在特别害怕，我不再是害怕父母离开我，我怕我会离开他们。"说到这里，台上的王帆和台下的观众，已经是泪流满面。王帆说："我想作为独生子女，我们确实承担着赡养父母的全部压力，但我们的父母承担着世界上最大的风险，可他们从不言说，也从不展现自己的脆弱。作为子女，我们要看穿父母的坚强，这件事越早越好，不要等到来不及了，也不要等到没有机会了。"

王帆的话打动了全国无数的独生子女，"你养我长大，我陪你变老"更被奉为金句。

王帆是从本溪高中考到北京大学的，本科、硕士、博士均就读于北京大学。在舞台上王帆是佼佼者，在学校同样也是。王帆在校期间，曾荣获北京大学学生 2015 年度人物，2018 年获得博士研究生国家奖学金，2019 年获北京大学新闻与传播学院优秀毕业生。主持"北京大学 120 周年校庆晚会""中国女排北大行"等重大校园活动。2014 年 5 月 4 日，习近平总书记考察北大，并参加了在北大静园草坪举行的"青春中国梦，赤忱五四情——北京大学纪念五四运动 95 周年青春诗会"。王帆作为学生代表，与习总书记握手，并向他介绍了由北大学生原创的诗歌《聆听青年》。可见，在满园学霸才子的北大，王帆仍然是一个佼佼者，学霸中的学霸。

我在网上看到一位网友，对王帆赞不绝口，他写道：王帆"一开口，就让我们心中赞叹，确实是'才女'。接着引用了《说文解字》，对'婚''礼'两个字进行解释。从商周时期的'黑中扬红'到现在的'凤冠霞帔、大红喜服'，可谓是出口成章，娓娓道来。在这 3 分钟里，她始终保持平缓而有节奏的语调，不紧不慢。'北方有美人，遗世而独立'，这就是我的直观感受"。

这样的夸赞，在我听来，这不是王帆一个人的荣耀，这是本溪的荣耀。

当然，本溪教育的优秀，离不开学生的努力，离不开老师的努力，但更深层的原因是本溪的文化底蕴，是这座城市的文化浸润，是杜诗中的"随风潜入夜，润物细无声"。

王帆征服观众的不是她的美貌，尽管她不乏貌美，最终征服人们的还是她的学识、她的才华。而本溪，最不缺少的，就是王帆这样的学子。

第三个要讲的是那个叫晓棠的女孩的故事：

这是我在网上偶然看到的一条资料：

"张晓棠，1988年2月25日生于辽宁本溪，中国古筝弹奏家和歌手，CCTV星光大道年度五强人气冠军。2009年因参加'星光大道'而进入观众的视野。2012年正式加入中国歌剧舞剧院。她将古典音乐和时尚合二为一，独特的古筝弹唱广受观众喜爱。2013年赴维也纳金色大厅作为第一位首席'古筝弹唱嘉宾'表演，随后赴法国、俄罗斯和香港等国家和地区进行巡回演出，其美妙的琴技和音色也深受国际友人的喜爱，被誉为东方最美海棠花。"

这条资料，给我两个惊喜，一个是张晓棠于2013年加入中国歌剧舞剧院，二是张晓棠2013年走进维也纳金色大厅。要知道，中国歌剧舞剧院那可是中国音乐歌舞艺术的最高殿堂，是中央直属院团中规模最大、艺术门类最多、历史最悠久的国家级艺术剧院，那里面聚集了中国当下顶级的艺术家、歌唱家、舞蹈家、演奏家、作曲家，能跻身这个团队，都不是等闲之辈。像老一辈的歌唱家郭兰英，著名词作家乔羽，舞蹈家赵青，二胡作曲家演奏家刘文金，舞蹈家陈爱莲，歌唱家吴雁泽、柳石明，作曲家徐沛东等一大批大师级艺术家，哪一个不声名赫赫。

还有一篇文章在介绍张晓棠的时候说，"2011年张晓棠成功获得北汇集团超过七位数的巨额代言酬劳，超越阿宝、凤凰传奇、李玉刚等星光大道同门，晋升为历届星光大道冠军之最"。

从这条消息中，我看到的不是张晓棠赚了多少钱，而是她的艺术成就，她在那些演艺明星中的位置。那些年，从星光大道走出很多的冠军、亚军，以及观众喜爱的歌手，但并不是每个人都有一个令人满意的结局。因为观众评判打分和专业团体的考核完全是两回事，所以，张晓棠一方面受到观众的喜爱，另一方面，也受到专业团体，而且是中国顶级的专业团体的认可，所以她才能进入中国国家歌舞剧院中来。特别是那些对张晓棠的报道，更是用足了赞美之词，比如"中国古筝弹唱第一人张晓棠""中国歌剧舞剧院青年表演艺术家张晓棠""中国古筝弹唱第一人张晓棠""古筝仙子张晓棠""筝女神张晓棠""东方最美海棠花张晓棠"……我们且不说这些评语是否恰如其分，但我们却可以从这些报道中，看出观众和媒体对张晓棠的喜爱。

张晓棠 1988 年出生在本溪，父亲是一名警察，母亲是本钢的一名工人。父亲喜欢唱歌、拉二胡，嗓子也不错，所以张晓棠有父亲的遗传，天生一副好嗓子。晓棠的妈妈说："晓棠小时候，爸爸拉二胡，晓棠在院子里拿个手绢，就开始扭，从小就爱唱二人转，人越多唱得声越大，那时才三四岁。上学那会儿，学校搞什么活动，晓棠总是在前面，拔尖。"

晓棠说她从小就对各种乐器感兴趣，稍大一点，七八岁的时候，父亲就把她送去学习古筝，经过系统学习以后，她能够把中国传统的乐器古筝和声乐演唱完美地结合在一起。在她 16 岁的时候曾出过单曲《整夜睡不着》，这首歌在各大排行榜上取得很好的成绩。中学毕业，晓棠以优异的成绩考上沈阳音乐学院学习古筝。

2007 年的时候，晓棠的父亲查出胃癌晚期，懂事的晓棠在本溪办了个古筝学习班，以减轻家里的负担。后来，在父亲的一再鼓励下，张晓棠报名参加了星光大道，在 2009 年的春天，晓棠参加了星光大道的海选，从几千名选手中脱颖而出。晓棠凭借自己深厚的功底和现场精彩的表演获得了星光大道的周冠军、月冠军，并进入了总决赛。而父亲，以一个癌症晚期的病人之身，陪伴着晓棠从海选一步步走过来。在总决赛的时候，主持人让晓棠的父亲站起来说几句话，晓棠父亲那真情的话语、那对女儿的爱和希望，感动了全国亿万观众。很多看了星光大道那场比赛的人都说，晓棠的爸爸是天底下最好的爸爸、最负责任的爸爸。

虽然最后晓棠仅获得第五名，但却是这一届的"人气王"，这就足以说明观众对她的喜爱。

那场总决赛是临近春节时举行的，春节过后不久，晓棠被邀请参加了本溪的一个演出，那天我见到她的时候，曾关切地问她："你父亲身体怎么样了？"她含泪说："已经去世了。"我颇为惊讶，也为她难过。

晓棠说："爸爸癌症晚期，忍着疼痛，一直陪伴在我身边，为了让我好好比赛，他强忍着病痛，其实他早已坚持不下去了。那天比赛结束后，他那个'劲'好像就松了下来，当天晚上就住院了，从那以后就再也没起来。过了一个多月，在 2 月 6 号小年那天下午就去世了。"

说着，晓棠的眼泪就流了下来。

那天本溪的演出，晓棠在舞台上表演的是古筝弹唱《梅花引》："一枝梅花踏雪来，悬崖上独自开，临风一笑化作春泥飘零去，孤芳无痕唯留清香透天外……"这首歌，既是献给家乡父老的，也是献给她的父亲的。

时至今日，只要提到父亲，晓棠还会忍不住泪水涟涟。晓棠说：父亲从小就对自己抱有很大的希望，他认为自己的女儿是世界上最漂亮的女孩。在晓棠 15 岁的时候，曾有人说给晓棠出单曲并打榜，父亲轻信后，卖了房子，结果被骗，全家只能租房住。父亲就是这样，只要是为了女儿，他一切都舍得。

晓棠说："我呢，虽然取得一点成绩，但今后的每一步还要踏踏实实往前走，不管成功也好，不成功也好，我觉得我这个过程就是最开心的。一辈子都不会后悔，因为我曾经努力过。也给妈妈带来过骄傲，我就很满足了。"

……

我在想，张晓棠的成功，就是一个丑小鸭的个人奋斗史。这些年，这样的丑小鸭在本溪可不止她一个。

为什么我要用一节的篇幅，写为本溪写歌的四喜、站到中国成语大会舞台上的王帆、星光大道最具人气奖的张晓棠，就是因为她们身上有一个共同的特点，就是她们以自己的青春和活力、勇气和才华，让中国人知道了本溪。正如刘兴雨先生所说的那样，她们是真正的"本溪形象大使"。

是啊，本溪是一个有着丰厚文化底蕴的城市，而这些女孩子以她们对本溪的挚爱和才华，让本溪这座城市有了温度，有了活力，有了故事。

2. 山城名流

2022 年"五一"的时候，我在微信群上看到一个短视频，是本溪的夜景。镜头以太子城为轴心，从左向右旋转。因为本溪是一座山城，整个夜景，高低错落，灯火辉煌，拍摄和制作得非常精美。这是无人机拍摄的，给人以全新的视角和不一样的本溪。无论拍摄角度，还是色彩，都达到了美轮美奂的程度，可以说是近年来本溪夜景拍摄得最好的一个。

这样的夜景非常有层次，像沈阳那种平原城市是拍不出来的。你看，太子河蜿蜒流淌，两岸的楼房也随着太子河而逶迤延伸。过去没有无人机，摄影者只能或广角，或站到高处。但现在有了无人机，就可以随心所欲，突破了局限，看的是全景，奉献一场视觉盛宴。

这位作者叫"山人"，本名王永晨，是一个业余摄影爱好者，从事摄影 20 多年，记录了本溪大量的历史资料。用无人机拍摄，在全国也是较早的。他的宗旨是"用镜头记录感动，记录身边的风景"。我登录他的账号，看到他用无人机为本溪拍摄了大量的视频，尤其他镜头下的枫叶，大视角，真是"万山红遍，层林尽染"，让人耳目一新，心灵震撼。

还有一位叫"Z 酷哥"的拍摄者，我不知道这个"Z"代表什么，但我愿意用"最"去理解。"Z 酷哥"也是一名航拍爱好者，拍出的画面唯美，如仙境。他的短视频，获赞已超百万。他有一句名言："我不管你是几线城市，你就是我永远思念的家乡。"

我就想，这两位摄影爱好者自己花钱买设备，自己花钱后期制作，投入了大量的精力和财力，为名乎？为利乎？

其实他们什么也不为，他们完全是出于对本溪家乡的爱、出于对摄影专业的爱，他们就是要把本溪的美展示出来，让更多的人了解本溪、赞美本溪。山人对我说："其实什么都不为，就是爱本溪，就是一种情怀。"

本溪还有一个无人机协会，Z酷哥是会长，在他的带领下，他们经常在一起拍摄、演练、切磋。他们拍出的视频，让无数人感动和赞美。在他们的镜头下，本溪的每一座山、每一条河，甚至每一棵草、每一块石头都那样美、那样亲。这些画面，唤起了生活在本溪的人的自豪感和自信心——"哦，原来我的家乡比外面的世界，一点都不差！"这些画面，勾起远在外乡的本溪人对家乡的惊叹，有的已经几十年没有回本溪了，本溪的美让他们止不住流下眼泪。很多外地人看了，都惊讶本溪会这么美，他们留言一定去本溪看看，不然此生会有遗憾。

让我们来看一下那些跟帖的网友是怎么说的吧：

网友惠美说："酷美本溪，高楼林立，繁华城市，一览无余。"

网友心存美好说："看到我家了，拍得太牛了，这和大都市上海、迪拜有一拼。"

网友木林心语说："感情没有发育到一定程度，是拍不出这充满浓浓乡愁的大片来的。"

网友小红说："在本溪生活了50年，感觉变化太大了，好像哪儿都不认识了。"

网友王岚说："山水环抱的城市一定是风水宝地，难怪出了酷哥那么优秀的摄影师。"

网友雨蝶@珍说："二十年前第一次从鞍山乘汽车去本溪，在坡顶上看本溪，都住在山沟里，现在完全没有当时的模样了。"

网友一位外乡人说："太美了本溪，我不想走了，还想再住五十年。"

……

在本溪，像山人、Z酷哥这样以自己的方式赞美本溪的人，实在是太多太多了。

作曲家杨培彬在部队从事文艺工作，转业回来，几十年了，一直热衷于歌曲创作，尤其是为本溪写歌；徐长江，术业有专攻，热衷于赋的写作，他的赋全都以本溪的历史、风物、山川、河流为题材，以致别人"眼前有景道不得，崔颢题诗在上头"；说到摄影，本溪还有三位摄影家在全国赫赫有名，一位是杨光，从市文化宫摄影爱好者，一直走上大学摄影专业教授的位置，虽退休多年，但还担任中国工业摄影家协会的主席；郭韬，新闻和人物摄影达到炉火纯青的地步，因为工作在档案局，所以他的摄影就是一部本溪的历史，现在虽已退休，依然活跃在本溪市各个重大活动现场；董凤安，著名的中国工业摄影家，他的镜头始终对准的就是本钢奔流的铁水、飞溅的钢花、轰鸣的车间、挥洒汗水的工人；梁志龙，辽宁考古界著名专家，"探方寻史脉，手铲释天书"，他的一双大脚，蹚过本溪的水水，他的一只小铲，挖遍本溪的山山；孙诚，著名的清代历史学家，对本溪的历史了如指掌、如数家珍，他和梁志龙分别担任了《本溪通史》上古部分和近代部分的主编；杨雪松，本溪文化遗产保护和历史研究专家，十几年来专注发掘本溪文化历史，出版《桓仁农民版画调查报告》《本溪话剧口述史》等专著；莫永甫，一位资深的新闻记者，他的笔除了新闻报道，更多的却是转向了本溪历史特别是本钢历史的发掘，先后出版了《铸梦成钢》《往事如铁》等著作；写戏的张永生、写小说的鬼金、写诗歌的张捷等，在国内省内都是很有影响的人物；还有一大批作家，他们立足本溪，守望历史文脉，讲好本溪故事，创作了大量的在全省甚至全国有影响的长篇小说，如赵雁的《红昼》、黄开中的《老街》、晓寒的《绝石》、李秀生的《祖坟》、冯璇的《索伦杆下的女人》、王荣大的《梦绕兰河谷》等。另外，本溪还有数百位诗人，他们以本溪的历史、人文、英模、山水风光以及经济社会发展的成就为题材，撰写了大量的诗歌。

我原本是丹东凤城县人，大学毕业后来到本溪，至今已经40年了。这40年里，因为耳濡目染本溪众多文化名家，使我对本溪这座城市发自内心地仰慕。

著名作家舒群先生，在本溪生活了21年，他对本溪文学的发展有着一定的贡献，20多年中，他的身边一直围绕着大批文学青年，由于他的指导和教诲，这些青年后来成为本溪文学的骨干。他的夫人夏青是中国著名的评剧表演艺术家，本溪评剧团当时在全国之所以有很大的影响，人才辈出，和夏青不无关系。2013年，本溪作家协会举办了舒群诞辰100周年纪念活动，在《辽东文学》出版了一期纪念舒群的专刊，作家史建国还出版了《舒群年谱》一书。

著名京剧表演艺术家毕谷云，早年拜徐碧云先生为师，其后又相继拜在荀慧生、梅兰芳二位大师门下。1958年来到本溪组建京剧团，并担任团长。他的《绿珠坠楼》脍炙人口，令人叹为观止。尤其那凌空一跃，如玉羽飘飞，技惊四座。毕谷云在本溪工作了近40年，很多老本溪都看过他的演出，对他念念不忘。十年前，他受聘担任本溪形象大使，还登台演唱了京剧《穆桂英挂帅》。尽管当时毕谷云老先生已经年逾八旬，但他在台上一站，腰身笔挺，话筒轻拿，目光炯炯，行腔圆润，音质纯厚，不愧为京剧大师。能看到这位梅（梅兰芳）荀（荀慧生）徐（徐碧云）传人的现场版，那可真是有福了，想不如醉如痴都不行。

20世纪80年代，评书艺术家田连元的名字可谓如雷贯耳，有人称他为扫地僧，因为到了他评书的时间点，大街上就几乎没人了。如今田连元先生已经80岁了。依然活跃在评书舞台上、电视里、广播中。2018年，在沈阳他的家里，我对他进行了近10天的连续采访，他虽然耄耋之年，却精神矍铄，侃侃而谈，讲到动情处，站起身来，双目圆睁，闪转腾挪，瞬间一个亮相，转身一个造型。田连元先生不仅书说得好，他的评书理论建树，在中国也是无出其右者，他的大学教材《评书表演艺术》一书，可谓中国评书理论的开山之作。

画虎大师冯大中，在今年虎年，更是虎虎生威。中国邮政发行的两枚虎年虎票"国运昌隆"和"虎蕴吉祥"，给人一种温馨和谐之美。冯大中先生说，"动物也有喜怒哀乐，因此画虎要破解这个密码，突破它的动物属性去画，把它做拟人化处理，力求传达出一种精神情感"。可以说，见过这位大艺术家的画的人，不算少，但是见过他画画的人，却没几个。我有幸多次观赏他现场画虎，你看他提起那支点"墨"成金的毛笔，轻轻地蘸了蘸墨，眯缝着双眼，打量了一下那张铺好的宣纸，然后笔走龙蛇。过去我们常说画龙点睛，以为精彩的一笔总在最后。其实大中画虎，身未起笔，眼已画好，然后才是画虎身、虎腿、虎尾，再然后题上款。这时你再看那虎，沉稳雄健，威风凛凛，身体呈S形，如一漂亮模特，正从舞台上向你款款走来。

说大中画画得好，其实他的书法、他的诗词同样一流。今年 5 月末的一个下午，我和本溪作家孙承、刘兴雨一起到伏虎草堂去看他，他拿出不久前出版的《大中诗抄》和《大中诗抄续集》赠送给我们。这套书非常精美，线装、宣纸，古香古色。大中拿出毛笔为我们签名时，刘兴雨问他："你的字学的是哪一家？"大中说："我开始练字的时候先学的是柳体，后来各家都临，王欧颜柳、苏黄米蔡，我都认认真真地临过。"真是集各家之所长，自成一体。这本《大中诗抄》由著名诗人丁芒和辽宁大学教授王向峰两位老先生作序。我仔细拜读后，深感大中先生传统文化学养之深厚。现在，大中先生是当之无愧的国宝级绘画大师，而且，他脚踏故土，心系本溪，是本溪的一张"名片"。

现在的年轻人知道张良的可能不太多了，他可是我们本溪的大名人。他在经典电影《董存瑞》中饰演董存瑞，记得当影片中董存瑞手举炸药包，高呼"为了新中国，前进！"的时候，全场响起热烈掌声。观众除了被英雄的壮举所感动，也为张良的精彩表演而喝彩。后来因为在电影《哥俩好》中的出色表演，张良登上百花奖最佳男演员的宝座。改革开放之后，他做了导演，拍了电影《少年犯》，在本溪放映的时候，他还回到本溪，和家乡的观众见面。1987 年，张良还为家乡的改革人物张玉金拍了一部 9 集电视剧《破烂王》。

女作家、画家苑茵，1919 年 2 月出生于辽宁省本溪县苑家庄，这个苑家庄其实就在现在的本钢厂区那个位置。苑茵是著名作家、翻译家叶君健的夫人，在北京竞存中学读书时，加入民族先锋队，还参加了著名的"一二·九"学生运动。1937 年"七七事变"，苑茵不甘做亡国奴，流亡重庆，考入复旦大学，并在学校加入中国共产党。1942 年，苑茵从复旦大学毕业，先后任职于中央信托局、人民银行、中国音乐学院、北京文史馆等。丈夫叶君健去世后，苑茵着手整理叶君健的遗稿，在 2010 年出版了多达 1，100 万字的《叶君健全集》。2015 年去世，享年 96 岁。苑茵著有长篇小说《冬草》《往事重温》《金婚》等。在她的作品中，有多处她在本溪的童年生活的回忆和关于太子河的描写。

女画家吴瑞珍，生于 1929 年，早年在北平国立艺专学习，是美术大师徐悲鸿的亲传女弟子。曾受齐白石、吴作人等一代名家指教，尤工画菊，数十年泼墨挥染，画艺超群脱俗。徐悲鸿的夫人廖静文曾为吴瑞珍题写"菊花大王"

四个字,从此,吴瑞珍便有了"菊花大王"之美誉。2019 年本溪市文联举办了"本溪市女画家吴瑞珍作品展暨艺术风格研讨会",徐悲鸿夫人廖静文女士特题词称赞:"画菊名世,精功传神。"

著名报告文学作家张正隆在文学上的成就,可以用独树一帜来形容,他的《大寨在人间》、他的《雪白血红》、他的《枪杆子 1949》,每一部都在全国产生轰动。他现在已经出版十几部报告文学作品了。那部用了近 20 年时间、采访了 80 多位抗联老战士创作的描写东北抗联的力作《雪冷血热》,100 多万字,再现了东北抗联 14 年艰苦卓绝的抗战历史,和不畏强敌、坚忍不拔、舍生取义、视死如归的抗联精神。现在,张正隆虽已 70 多岁,依然笔耕不辍,每天写作都在十几个小时。

另外,本溪还有几个被称为"现象"的文艺现象,一个是"美术现象",一个是"杂文现象",还有一个就是最近几年涌现出来的"网络文学现象"。

应该说,凡是能称得上"现象"的,就是在全国有一定的影响的。"本溪美术现象"是 20 世纪 90 年代,中国美术家协会党组书记、常务副主席王琦先生提出来的。20 多年过去了,势头一直不减,有众多的画家在全国享有盛誉,像李德甲、张广志、丁涛、米永强、王中年、李连文、邢世靖、杜世斌等。

"本溪杂文现象"是中国著名杂文家、《杂文选刊》主编刘成信先生在第三届全国杂文笔会上提出来的,他还说:"东北杂文在辽宁,辽宁杂文在本溪。"他在编辑《中华杂文百部》时,将本溪四位杂文家收录其中,这在全国各城市中是绝无仅有的。

"本溪网络文学现象"是我提出来的,因为当下中国,网络作家有几百万,甚至有人说上千万。若想在上百万或上千万人之中脱颖而出,有如登天之难,若没有点实力,没有点毅力,早被滚滚洪流淹没。而让人欣喜的是,本溪的网络作家中已经有三人登上各大排行榜的前几位,甚至每年可以有几十万甚至更多的收入了。

现在的网络文学已经和多年以前大不一样了,过去是粗制滥造就可以有读者,而现在,没有点独到的构思,没有点吸引人的故事,没有点艺术的含量,根本就没人光顾。所以,本溪的网络作家是配得上"现象"这顶桂冠的。

3. 文化是城市的灵魂

望着这些站在艺术巅峰之上的本溪艺术家，我突然想到，用钢筋水泥建造起来的城市，因了这些文化名人而变得五彩缤纷起来。

因为一个名字会让人记住一座城市。

一座城市的高度必然来自两种力量的架设：一个是经济实力，一个是文化魅力。文化环境是一种精神的生态环境，精神的滋养是一座城市，甚至是一个民族保持活力、生生不息的力量之源。发挥艺术家们的作用，就是蓄积城市的文化风骨，就是为我们的城市树立一种榜样、一种高度。

文化名人的成功之路，展示了一座城市的精神，他们的成就、他们的品德，感召着更多的人，以他们为榜样，以他们为目标，去奋斗，去追求。

说起来也真是个谜，虽说庙后山人把本溪的人类活动提前了 50 万年，但是在中华人民共和国成立之前，本溪在文学艺术创作尤其是文学方面还少得可怜，几乎是空白，无论唐诗宋词元曲，还是明清小说，似乎和本溪无缘，甚至中国历史上的文化名人也几乎没有光顾本溪这块土地。但是，为什么全国解放后，本溪在文化艺术的荒漠上，却长出了参天大树，一下子走到了全国的前列，出了这么多全国著名的作家艺术家，这是为什么？

我曾就这个问题进行过一番探讨，并总结出本溪文艺的特点。我的观点是这样："诞生于 20 世纪 40 年代末，以移民文化为主要源头、以革命文艺为主要特征的本溪文学艺术，在本溪这块文学艺术相对贫瘠的土地上，以较高的起点迅速发展，并培养和造就出大批优秀人才。"

也就是说，本溪文艺的源头是移民文化，尤其是以革命文艺为主要特征。为什么这样说呢？因为本溪的城市历史比较短，是依托本钢发展起来的现代工业城市，所以它的文化就具有鲜明的工业文明的特点。举个例子来说，同样是东北，二人转在本溪就没有多少土壤，这是因为，二人转是农业文明的产物，多活跃在铁岭、吉林一带。而我们本溪是工业文明相对发达的地区，所以二人转在我们这里并未风行，观众的喜爱程度也没有其他地区火爆。这是文化背景决定的。

本溪因为本钢的存在，受到中央的高度重视。本溪是 1948 年 10 月解放的，1949 年划为中央直辖市，当时的中央直辖市一共有 15 个，上海、天津、沈阳、鞍山、本溪、旅大、武汉、广州、南京、重庆、哈尔滨等。可见本溪在当时中国的重要地位，这是地域的因素。

但是，仅仅有文化背景和地域因素还远远不够，还必须有人才的条件。本溪文化艺术的源头，主要由三部分组成：

其一是抗日战争结束后，党中央从延安派出由舒群率领的文艺工作团来到东北，随着解放战争的进展，一批音乐、戏剧干部随部队撤离沈阳开进本溪，并成立东北文工一团。本溪作为中共中央东北局所在地，曾一度是东北革命文化中心。舒群、公木、张平、于兰、王大化、华君武等大批知名作家、艺术家会聚本溪，带动了本溪的革命文艺活动。而且舒群后来长期在本溪工作，还曾担任本溪文联的副主席，对本溪的文学艺术发展，起到了极大的推动作用。

其二是全国解放后，我们党从东北鲁艺派来了大批文艺干部。他们中有搞写作的、有学美术的、有作曲的。比如刘庆芝、刘威、范音、吴耀先、张柏华等，这些鲁艺才子的到来，使得本溪的文学艺术一下子就有了一个很高的起点。中国文联是 1949 年成立的，而本溪文联是 1950 年成立的，这在全国是最早的一批地方文联之一。当时的本溪文联下设音乐组、美术组、戏曲组，并办起了《本溪画刊》和《本溪文艺》。所以本溪的美术创作、歌曲创作、文学创作都十分活跃，培养和涌现出大批的艺术人才。

其三是随着本溪城市的发展，大量的移民来到本溪，其中就有大量的文化艺术人才。比如本溪相继成立了曲艺团、京剧团、话剧团、评剧团等，著名评书艺术家田连元、京剧名家毕谷云等，就是这个时期来到本溪的。田连元是天津人，毕谷云是上海人。还有画家冯大中是营口盖县人、话剧名家耿汉是山东人、话剧名家米学敏是天津人、作家周熙高是河北沧州人。这些人现在都是本溪市的文化形象大使。

再说说大家比较熟知的那些老艺术家吧，画家苏寿同是吉林公主岭人、画家吴瑞珍是天津宝坻人、漫画家郭长柏是沈阳人、书法家金镖是锦州人、书法家韩天福是丹东凤城人、书法家赵福元是沈阳人、作家孙淑敏是哈尔滨人、作家胡清和是安徽人、杂文家范持是宁波人、老诗人张捷是丹东庄河人、作家阿明是广东人、作家张立砚是盖州人、作家曾宪三是山东临朐人、评论家吴松璋是广东汕头人、诗人华舒是抚顺人……这些人当年风华正茂，怀着理想来到本溪，为自己所热爱的事业奋斗了一生。

谈到城市文化，人们总会以为那些论述过于空洞，因为文化和经济相比，总没有金钱来得实惠。其实，文化的作用一点都不容小觑，这是因为文化是城市的灵魂，以人为本的城市发展是中外城市共同追求的一个目标。我想，一个城市的魅力，不在于它有多少高楼大厦，而在于它的历史文化底蕴。一个理想的家园，不在于它的奢华，而在于历史文化与现代文明的和谐共生。

说到这里，我还想再提一个人，他叫赵丹，是本钢的一位青年工人，因为对互联网的喜爱，以一己之力，办起了影响颇大的"印象本溪"公众号，至今已逾七年，而且办得越来越深入人心，拥有大批的粉丝。很多旅居外市的本溪人，都抽时间从手机里翻出"印象本溪"，看得津津有味。

在"印象本溪"开通的首期上，赵丹这样写道："今天，我的个人微信公众号正式开通了，欢迎各位朋友关注。我将以勤奋的工作，提供草根展示自我的平台，通过我们的共同努力，让我们的生活更加丰富多彩，让我们的人生永葆快乐。"

他对我说，他开办这个公众号的宗旨主要是关注本溪的人文历史、自然风光、风土人情和与本溪相关的儿时情怀、往事回忆等。因为他办得灵活，稿件登得快、内容丰富，所以很快就吸引了大量的读者和为其提供稿件的作者，有时一篇文章的阅读量可达到三四千。

比如马昆明的《咏煤炭》，从2019年1月30日—2020年8月4日，200多篇文章，40余万字，连载了近两年的时间。其中大部分是他自己的亲身经历和查阅的相关资料，很有可读性，把本溪有关煤炭的故事，写得淋漓尽致。再比如本溪的平山甲乙楼动迁这件事，牵动了好多好多的本溪人。作者杜武成，一口气写了23篇回忆文章，记载了他从小在甲乙楼生活的经历和曾经的故事，引起强烈共鸣。

有一位叫赵学清的老人，退休后在大连居住，是"印象本溪"的忠实粉丝。看过"印象本溪"，他激动地写了一篇文章"印象本溪，我的精神老家"。他写道：

"千百年来，太子河滋养着沿河两岸的人民，也见证着辽东地区的兴衰和世间沧桑。如今，太子河水依然在静静地流淌。我家乡的这条河承载着一代又一代人的梦想和希望，而我对她的眷恋也是难以忘怀。对于一个退休后赋闲下来的人来说，每天能有一件与自己兴趣、爱好相契合的事去做，这算是一件幸事。我现在每天清晨醒来，会准时关注'印象本溪'新刊发的文章，关注家乡的事、身边的事。对于一些感兴趣的文章，偶尔也写下留言。这已成为我生活中不可或缺的一部分，我与'印象本溪'结下了不解之缘。"

说心里话，办一个公众号，发表大量文章，不是一件轻松的事，有大量的工作要做，不仅要懂电脑，还要有相当的文字功底、编辑功底，以及历史文化的知识。而赵丹只是一个普通工人，就能把一个公众号办得如此深入人心，赢得大量的读者，可见，在本溪，不但有大量的名家，就是随便一个普通工人，搞起文化来，也是相当出色啊！

4. 润物细无声

2017 年 3 月 31 日，辽宁日报在《从尘封的历史中，发掘地域文化矿藏》这个长篇报道中说，本溪市委宣传部坚持"用文化精品夯实地域历史文化矿藏……在创作实践中，引导作家践行坚持以人民为中心的创作导向，充分反映本溪地区的革命和建设成就，提高本溪人的文化自信，从而为家乡的繁荣发展凝聚共识，贡献力量"。

本溪这些年在文化艺术建设中，取得很大成就，特别是近十年来，组织作家创作优秀的文学作品，出版的长篇报告文学有《人望幸福》《寻找天使》《补天》《绿世界——刘仁与绿川英子的中日情缘》《铁山人一直姓铁》《天蓝兰 水清青》《本溪农脉》《风雨惊堂——田连元传》《张捷诗选》《辽海散文大系·本溪卷》等文学精品，有多部作品获得辽宁省五个一工程奖和辽宁文学奖。

本溪市设立的三年一届的天女木兰奖，现在已经评选了 11 届，每届评选各艺术门类的优秀作品，评选一位有特殊贡献和取得优异成就的艺术家，颁发天女木兰奖金奖，也称之为德艺双馨艺术家。这是本溪的政府奖，也是本溪市文学艺术界的最高奖。到目前已经评选出天女木兰金奖 12 人，不仅增加了这些艺术家的荣誉感，也为广大的艺术家树立了学习的榜样。获得金奖的作家艺术家中主要有评书艺术家田连元、工笔画大师冯大中、报告文学作家张正隆、诗人张捷、书法家林晓鹏、歌唱家李庆芝等。

这几年，本溪在戏剧创作上也是硕果累累，捷报频传。本溪的话剧和评剧是有厚重的历史传承的，当年本溪的话剧团曾进入中南海为中央领导演出。仅最近五年来，本溪就创作演出了评剧《中秋泪》、话剧《与你同在》等。这些剧目都是经过反复打磨、修改，最后成为精品的。

本溪还有一个特点，就是群众文化活动异常活跃，经久不衰。我在20世纪80年代初的时候，第一次来到本溪，就在市文化宫的小广场上看到有很多人围在那里，挤进去一看，原来是诗歌爱好者自发组织的诗歌朗诵会，那些年轻的诗人争先恐后，慷慨激昂地朗诵自己最新创作的诗歌。本溪的诗人一直有一个经久不衰的群体，他们对诗歌创作可谓如醉如痴。

近十年来，本溪的民间诗社发展迅速，现在已有诗社近20个，他们经常组织活动，组织创作，编辑出版诗词微信公众号，开展写作辅导。比如以南芬五品诗社为核心组织的桃花诗会，到今年已经举办31届了，每年一次，而且参加的人也越来越多。他们到一起吟诗作赋，绘画写字，畅聊体会，不亦乐乎。

还有本溪市每年的读书节，那是本溪文化人最喜欢的节日。这两个月中，各种活动不断，名家讲座、读书会、鉴赏会，一个接一个，让人目不暇接。这些活动多由市图书馆和市文联、市作家协会举办，每次讲座，会议室里都"人满为患"。只是受这两年的疫情影响，这种大型的讲座无法举办，令那些读书爱好者深为遗憾。

有人说，本溪各公园里有那么多跳舞的团队，而且那些领舞的人水平都不低，一些新流行的舞蹈刚一问世，这些领舞的人就在自己的团队里教大家跳上了。你知道为什么吗？因为这些领舞员都是经过正规培训的，市文联的舞蹈家协会，定期举办舞蹈领舞员培训班，这些人都在这里学习过。

还有像什么交响乐团，到重要日子他们都要盛装出演的，他们的乐器都价格不菲，都是市里出钱扶持的。

市文联下属十几个艺术家协会，这些协会除了自己组织活动外，年年都搞文化下基层、文化下乡、文化进军营、送春联、送演出、送讲座、搞培训，等等。比如市美术家协会，他们发现桓仁的版画人才，发现本溪县的美术人才，于是就下乡辅导，坚持多年，终见成效。现在，两县的这些农民画家已经形成团队、走向全国，小有名气了。

这十年来，本溪市委、市政府十分重视农村文化建设，按照"有设施，有骨干，有队伍，有活动，有特色"的"五有"标准进行规划，让"文化进村屯"，丰富农民的精神文化生活。

此外，本溪民间自发组织的各种学会、文艺团队也很多，比如朗诵学会、老年模特队、童声合唱团等，比比皆是。

一个外地朋友来本溪文联，看到文联的"文艺家之家"那座漂亮的小楼，感慨地说："本溪真舍得投入，这是全省文联最好的楼啊！"我告诉他，何止文联，本溪市最好的建筑是图书馆、博物馆、体育馆，还有即将交付的艺术宫。

近十年来，本溪市委市政府把文化作为产业来抓，走园区化、集群化的道路，投入上百亿元，加速辽砚、版画、农民画等特色文化业态有序集聚，初步形成了一批集聚效应明显、孵化功能突出的特色文化产业品牌项目。先后建起了南芬区辽砚文化产业园、本溪满族自治县铁刹山农民书画苑、桓仁满族自治县农民版画艺术产业园、溪湖区特色手工艺品产业园以及明山区民俗文化基地六大特色文化产业园区，构建起了"一县（区）一品牌"的文化产业大格局。

目前，本溪市的辽砚文化产业园、桓仁版画已获评省文化产业"一县（区）一品牌"示范项目，辽砚文化产业园被评为省级文化产业示范园区，东明艺术品有限公司等四家企业还被评为省级文化产业示范基地。

辽砚产业园位于南芬区思山岭街道办事处三道河村，离高速很近，坐在车上就能看到。现有辽砚生产加工区、居住区、产业服务区三个功能区，有会展中心、检测中心、奇石园、博物馆。里面展出的砚台、奇石，会让你大开眼界，惊叹不已。一般到本溪旅游的人，莫不想带一方精美的砚台回去。可是，砚台虽然精美，可也价格不菲，挑来选去，就是最便宜的也得五六百元，稍好一点的就得上千元、上万元。本溪人如果出门看朋友，携一方砚台上门，不但送者显得文雅，就是受者也满心欢喜，爱不释手。

制砚的石料就出自桥头，由于桥头盛产青云石和紫云石，明代时便有人用来制砚。到了清代，康熙皇帝钦定为"宫廷御砚"，使得桥头制砚业迅速发展起来。现在，本溪地区有制砚作坊20余家，已形成产业，其精美程度足以和端歙洮澄四大名砚相媲美。在全国有影响的制砚大师有紫霞堂冯军，现在是他的女儿冯月婷，还有辽砚厂的章永军以及阿昌等人。2011年，辽砚和鞍山的岫玉、阜新的玛瑙一起，被辽宁省政府确定为辽宁"三宝"。至于它们在全国获得的各种大奖，数不胜数。

目前本溪市被列入国家级非物质文化遗产名录的有：本溪评书、本溪朝鲜族乞粒舞、砚台制作技艺、本溪社火。

被列入辽宁省省级非物质文化遗产名录的有：本溪满族民间故事、本溪鼓乐、乞粒舞、本溪社火、全堡寸跷秧歌、本溪县太平秧歌、京剧(本溪徐派毕谷云)、本溪评书、本溪桥头石雕；本溪松花石砚雕刻技艺、盘炕技艺、本溪永隆泉满族传统酿酒工艺(铁刹山酒)、传统满族珍珠球、本溪满族剪纸传统木版年画、祭山风俗等。

近年来，本溪广大市民对如何推进文化建设，发展文化产业，实施"文旅兴市"发展战略十分关注，也常常提出自己的看法和建议。

当下，文旅是一个很时髦的词。什么是文旅？简单地说就是文化旅游。本溪的枫叶和山水林泉很美，但文化的含量还不尽如人意。所以，深入挖掘本溪市的历史文化，让人们通过旅游感知、了解和寻求文化享受，对本溪这座老工业基地的文化发展和经济社会进步，有着十分重要的作用。

唐代诗人孟浩然在《与诸子登岘山》这首诗中写道：

人事有代谢，往来成古今。
江山留胜迹，我辈复登临。
水落鱼梁浅，天寒梦泽深。
羊公碑尚在，读罢泪沾襟。

是啊，一座城市最终让人感动、感慨、留恋甚至落泪的，是历史，是文化，是那些逝去的人和他们的故事。

第九章　春风送暖入屠苏

当我真心追寻我的梦想时
每一天都是缤纷的
因为我知道每一个小时
都是在实现梦想的一部分

——保罗·柯艾略

1. 民之所盼，我必行之

市文联搬家之前，一直在儿童乐园里的那栋小红楼里办公，所以我对儿童乐园里面的热闹程度了如指掌。即便这几年退休了，儿童乐园也是我的必经之路。

有人曾抱怨说，现在的儿童乐园已经看不到儿童了，成了老人乐园。其实，一个国家、一个城市，它的幸福指数高还是低，很重要的一点就是要看老年人快不快乐，老有所养，才是一个国家和社会文明的标志。

你看，儿童乐园里唱歌的、唱戏的、奏乐的、跳舞的、下棋的、打牌的、健身的、拍照的，尽管不再年轻，但人人都是满脸笑容。到了晚上就更热闹了，走步的，跳广场舞的，打太极拳的，舞枪弄棍的，现场直播的，大合唱的，踢毽子跳绳的，不少还是年轻人，看着真让人羡慕。还有望溪公园、市政府广场等，也是如此。有人就嫉妒了，说真搞不明白，这些人怎么家里就没点活儿？

你说对了，做饭有燃气，买菜有市场，看病有医保，出门有公交，月月领工资，有大把的时间，他不出来找乐在家干什么？

为了百姓的快乐，政府这些年，可谓绞尽脑汁。

本溪是一座山城，土地金贵，房子都建到了山坡上，哪有块平地啊。政府只能见缝插针，能建大广场建大广场，能建小广场建小广场。所以，这些年，本溪的广场多了，绿地也多了。

从 2014 年开始，我市对望溪公园景观进行提升改造，对荟萃园等 19 个公园景观进行了修整。将传统历史文化与本溪地方文化融入其中，打造精品园林。现在有奇石园、百花园、湖畔广场、雕塑园、儿童游乐区、荟萃园、天女木兰园、日本樱花园等。除望溪公园，其他像平顶山滴水洞慢行系统、太子河景观带木栈道、动植物园牡丹园等，也都进行了提升改造，正所谓"春有百花秋有月，夏有凉风冬有雪"。不同时令，不同季节，让你有不同的去处，有不同的赏玩，得到不同的快乐。

还记得十多年前辽宁大地上那场轰轰烈烈的棚户区改造吗？当时被称为"一号民生工程"，实现的是老百姓的"安居梦"，解决的是"世界性的难题"。

在大面积棚户区和沉陷区改造完成后，本溪市并没有停止棚户区改造的步伐，把棚改范围从中心城区向城中村、城边村以及城市危旧住房地区扩展，累计改造棚户区 90 区片，涉及安置居民 24,009 户。对老百姓来说，还有什么比有一处满意的房子更重要，安居才能乐业啊。

现在，本溪经过城市东移、棚户区改造、新区建设，已经非常美丽了，俨然一座现代化大都市。比如太子城、大峪新区，让那些来本溪旅游的人赞不绝口。特别是坐汽车从高速公路看本溪，一座现代化的城市迎面而来。如果是在夜晚，满城灯火，高低错落，有如仙境。

但是，前些年老城区的情况却不能让人满意，道路狭窄，路面坑洼，车辆乱停，垃圾乱丢，小广告如牛皮癣。这种状况严重影响了本溪的形象，也影响了本溪对外招商，更影响了本溪市民的生活。

这种状况，市委市政府是不会任其存在下去的。近十年来，特别是最近这几年，我市加大了治理力度，完成 303 个年久失修的老旧小区综合整治，整治总面积达 245.28 万平方米；推进"三供一业"物业移交和维修工作，涉及房屋 1,088 栋、395 万平方米；维修改造早期棚改小区 40 个，6.3 万套住宅，建筑面积 352 万平方米，惠及百姓 20 万人，实现"暖房子"主城区全覆盖。小区改造的同时，有的补植了绿苗，有的栽种了果树，对小区的垃圾点合理设置、修整原来破旧的墙体。违建拆除了，小开荒变成了硬化路面，绿地被重新规划，粉刷楼体、重做防水、修建停车场、摊铺破损道路等等，使老旧小区功能更完善，环境更优美了。居民们可以在小区院子里遛弯、下棋、锻炼身体。

农村人居环境也有大的改观，本溪市在加大投资力度改造农村危房的同时，也加大力度清洁农村生活垃圾。基本建立了有制度、有队伍、有设施、有经费的农村环境治理工作体系。全市 287 个行政村中 207 个村实现了整村整洁，垃圾处置体系覆盖 100% 行政村，农村地区垃圾无害化处理率达到 100%。到目前为止，打造国家级特色小镇 1 处、辽宁省特色乡镇 2 处、列入省级特色乡镇培育名单 3 处；创建"辽宁省美丽乡村示范村" 127 个，占全市村庄数量的 44% 以上 [①]。

随着城市的发展和社会的管理，老百姓需要办的证件也越来越多，有时办事，牵涉不同部门，而这些部门又分散在不同地方，让老百姓跑得晕头转向。为方便群众，本溪市推出了"智慧城市"市民服务平台，把这些服务的部门业务装到一张卡里，老百姓通过手机、互联网、自助机等渠道，登录"市民网"即可以办理公交、卫生、公积金、水电煤气缴费、银行金融等多项公共服务，这叫"一卡通"，信息共享，方便群众。

医疗卫生事业发展也是很快的，从市中心医院到本钢总医院，无论门诊环境还是住院条件，无论医疗设备，还是专家水平，在全省都是比较先进的。有一组数据不妨引用一下：

"目前全市有医疗卫生机构 800 个，其中医院 41 所，基层医疗卫生机构 741 个，专业公共卫生机构 15 个，其他机构 3 个；卫生人员 13，727 名，其中卫生技术人员 11，207 名；床位数 11，040 张。目前全市人均期望寿命提高至 79.93 岁 [②]。"可以说，这一组数据最有力地说明了本溪市民所能享受到的医疗服务水平和健康状况 [③]。

"群众利益无小事"，为维护好群众利益，本溪市还推出电视问政节目。这个节目本溪的老百姓最爱看，因为涉及的都是他们迫切需要解决的问题，而且有关部门的领导就在现场，你可以直接和他对话，提问题，当场拍板，能解决的立刻解决，不能立刻解决的也要说明原因，给出解决问题的时间表。市委市

---

① 马小茗《本溪：建设宜居山城 增加人民福祉》[N]. 本溪日报 2021-7-14（1）
② 章爽《卫生健康事业蓬勃发展 山城市民获得感幸福感增强》[N]. 本溪日报 2021-4-13（1）
③ 马小茗《为民打造和谐宜居幸福家园》[N]. 本溪日报 2020-10-13（1/2）
　　章爽《卫生健康事业蓬勃发展 山城市民获得感幸福感增强》[N].《本溪日报》2021-4-13（1）

政府要求全市各部门的工作人员，一定要深入实际，到群众中调查研究，听取他们的意见和建议，发现问题，及早解决。尤其在一些政策制定上，一定要根据形势的发展、群众的需要，创造性地开展工作，及时解决问题。

2022年4月，新的一轮疫情开始，本溪市公安局立刻根据疫情情况，出台了"抗疫情、保安全、惠民生、促发展"16项服务新举措，这些举措为疫情期间老百姓的生活提供了方便。比如开通车辆运输"绿色通道"，针对货运车辆通行证到期换证业务，因疫情防控出现逾期情况的，现有通行证可延期30日办理。对防疫物资、民生物资运输车辆，积极配合相关部门设置引导提示标志，提高车辆通行效率。紧急时采取"一对一"护送、信号管控等措施，保障防疫物资、应急物资和民生物资运输车辆优先通行。这就为生产生活提供了保障。其他像轻微交通违法、户政业务办理等都简化手续，或特事特办。特别是优化涉疫排查流程实现公安基层派出所与社区工作者合署办公，共同承担排查管控工作，避免对排查对象的过度打扰，减少重复排查、反复排查现象，等等。这些新的规定出台非常及时，有针对性，真正为老百姓着想，所以广受称赞。

这些年来，市政府每年都公布"我为群众办实事"详细清单，这些都是事关老百姓切身利益的事，公布的目的就是要老百姓来监督，看看到年底完成落实得怎么样。今年是2022年，年初的时候，本溪市政府将"十件民生实事"清单公布：

免费为60周岁以上老年人接种流感疫苗；

推动辽东心血管疾病区域医疗中心建设；

建设太子河新城市民活动中心；

开工建设"生活秀带"示范区；

完成太子河右岸龙门寺至老关砬子段慢行系统连通工程建设；

新建改造10条城市道路；

提升改造儿童乐园，打造滨河休闲运动主题公园，建设凤凰山、南芬西山体育公园，东芬体育场早晚时段向广大市民免费开放；

提升改造政务服务大厅；

新建改造农村集中供水工程 56 处，让 6.5 万本溪市民受益；

推行全市中小学课后服务"5+2"全覆盖。

这十件实事也可以说是 2022 年政府送给市民的大礼包。当然，除了这十件事之外，政府还有很多事情要做，只不过这十件事和民生、和老百姓的获得感、幸福感联系得更迫切一些。

在 2022 年春节到来之际，本溪市委市政府向全市人民祝贺新春，那篇满怀深情的贺词中写道：

虽然本溪振兴发展仍处于滚石上山、爬坡过坎的关键时期，还有一些躲不开、绕不过的矛盾问题，政府财政一直在过紧日子，但是民生投入力度始终在加大。我们启动全国文明城市创建，维修 5 条城市主次干路，改造 70 余个老旧小区，增加 5,000 余个停车泊位，解决 8 万余户"办证难"问题，获评全省首批"四好农村路"示范市。我们着眼稳就业、促增收，新增城镇就业 1.2 万人，全面提高养老金标准，城镇常住居民可支配收入、农村常住居民可支配收入均高于全省平均水平。我们办好民生实事、发展公共事业，竭尽全力让本溪老百姓更加真切地感受到高质量发展带来的实惠，我们也由衷感谢本溪人民对我们民生工作短板、不足的体谅和包容。有本溪人民的理解、支持和鼓励，本溪振兴发展事业一定会越来越好！……让本溪老百姓在高质量发展道路上共享高品质生活，更有获得感、幸福感、安全感！

民之所忧，我必念之；民之所盼，我必行之。本溪市提出建设"实力本溪、活力本溪、美丽本溪、平安本溪、幸福本溪"，让我们看到了这里面既有全市经济社会发展的具体目标要求，更有改善民生，提高群众获得感、幸福感的更高标准，让人不能不充满了欣喜，充满了期待。

2. 坐上火车去桓仁

2019 年 4 月 9 日，本溪至桓仁之间的铁路——本桓铁路正式通车。

我的朋友小赵和家人早早预定这趟首发列车，他说，我家就是桓仁的，过去春节回家过年，早几天就开始发愁。现在有火车了，我要尝尝坐火车回家的滋味。真的，那天从火车开动时起，我就在手机里播放那首《坐上火车去拉萨》：

山有多高啊

水有多长

通往天堂的路太难

终于盼来啊

这条天路

像巨龙飞在高原上

穿过草原啊

越过山川

载着梦想和吉祥

幸福的歌啊一路地唱

唱到了唐古拉山

坐上了火车去拉萨

去看那神奇的布达拉

去看那最美的格桑花呀

盛开在雪山下

坐上了火车去拉萨

跳起那热烈的雪山朗玛

喝下那最香浓的青稞酒呀

醉在神话天堂

……

小赵说，"我看到列车里有人在看我，估计是我唱出声音了。不过没关系，整个车厢里，每个人都是满面笑容，热情满满，兴奋地大声说话"。

一个叫乐天的网友说："40多年前下乡那个年代，每逢从青年点往返坐汽车想想都可怕啊，拼了命有时还不一定挤进去那趟车。记得1976年底回家过元旦，在木盂子没上去车……直到新年第二天才到家。"

一个叫赵妍的女孩说："我小时候爸爸妈妈带我回桓仁奶奶家，早早就开始买票。那时候，人多车少，爸爸抱着我紧跑慢跑挤大客。妈妈说我一上车就哭，嗓子都哭哑了。妈妈看我遭罪的样子，就生气地说，都是妈妈不好，干吗找一个桓仁的老公呢？"

桓仁的行路之难，我也深有体会。我第一次去桓仁的时候，还是20世纪80年代，当时一位省领导来本溪调研，然后去桓仁。报社派了几位记者，其中就有一个我。我坐大客车尚可坚持，坐小车就如同上刑。所以从本溪一上车就开始晕，过八盘岭时，几乎要昏死过去。同事见我实在无法坚持，只好让我下车，从南甸坐火车回到本溪。当时我就想，要是有火车多好啊。从此对桓仁这条路有一种莫名的恐惧，即便后来八盘岭修了隧道，但心里的阴影还是无法抹去。

记得京剧《智取威虎山》中李勇奇有段唱词："早也盼，晚也盼，望穿双眼……"这条铁路对桓仁老百姓来说，真是"早也盼，晚也盼"，盼了多少年了。100多年前，日本侵略者为掠夺我们的自然资源便开始修建这条铁路，后因战败而停建。新中国成立初期到20世纪60年代，曾有几次修建，又几次停建，老百姓都学会了一个词，开始建叫"上马"，停建叫"下马"。直到2013年，这条铁路才又开始修建，桓仁老百姓奔走相告。就这样"早也盼，晚也盼"，又盼了 5 年，终于在 2019 年 4 月 9 日正式开通客运列车！

这条铁路称作田桓铁路，全长 74 公里，新建涵洞 71 座、桥梁 25 座、隧道 15 座。可见修建的难度还是比较大的①。但是不管怎样，桓仁不通火车的历史，彻底结束了。从此，桓仁老百姓的出行方便了，外地人到桓仁旅游也快捷了，这对桓仁经济的发展，会起到巨大的推动作用。

有一位当年桓仁的下乡知青，专门从外地赶来，坐上这列火车，重游"故里"。她回忆起当年坐大客车去桓仁的那段经历，真是不堪回首。她说：

那是 1978 年的春天，她本打算在家复习参加高考，可是大队领导不同意，给她来了一封信，要求她必须赶回生产队参加春耕生产，否则严肃处理。无奈，她只好遵命。

她从本溪坐上火车，到了南甸，车门一开便跳下车，不顾一切向汽车站冲去。汽车的门还没开，一大群人就已在那里挤来挤去。待车门开了，她贴着车边拼命地向车门挤过去。好不容易挤上车，车里已经挤得水泄不通，几乎没有落脚的地儿。司机直喊，试着关了几下门，还是关不上，他启动发动机让车动了几下，人一晃动这才关上车门。车下还有许多人不甘心，还在砸门砸窗，喊着，叫骂着。也难怪，这是每天开往桓仁的唯一的一趟车，赶不上就得等第二天。

客车晃晃悠悠地驶出了车站，车上的人不管是男的、女的、老的、少的都是脸贴着脸，屁股贴着屁股，跟着车的晃动而晃动着，谁想长出一口气儿都要费好大的劲儿。

客车在八盘岭的山路上艰难地爬行着。倚窗俯看，八盘岭公路宛如一条舞动着的银蛇，蜿蜒曲折，一直伸向半空中。人们的心都提到嗓子眼儿，车厢里不时地发出惊叫声，就差魂儿没颠出窗外了。

突然"砰！"的一声，客车摇晃着向右偏去，直冲向悬崖边，司机奋力踩刹车并拼命向左打方向盘，最后客车顶着路边的一棵大树停了下来，右后轮胎爆了，望着眼下这万丈悬崖，人们惊呼："哇！好险啊！"

平时客车是在下午 3 点钟左右到达木盂子车站，那天因为车爆了胎，5 点

---

① 文华【山城印迹】《本桓铁路——百年沧桑之路》[D].《本溪工作》2019-01-18（12）48 页

多才到。下车后她还要摸黑步行几十里，对一个女孩子来说，该有多恐怖。

望着这漆黑的夜空，她想：要是有一条通往青年点的大路该有多好，要是火车能通到咱们桓仁该多好！"这就是当时的梦想，这梦想，今天终于实现了。"

这十年来，岂止是桓仁通了铁路，本溪在交通方面发生的变化也是巨大的。

沈本线响山子至滨河南路改扩建工程通过 18 米宽的道路，把钢铁大道和沈本产业大道连接起来，既打通了本溪市北出口，拓展了城市发展空间，又把桥北工业园区、中国药都等经济开发区连珠成串，实现"一线连两都"。

集本线三架岭隧道、本宽线北大岭隧道公路改造工程竣工，把南芬区的大冰沟、财神寺景区与本溪满族自治县的关门山旅游景点连在一起，与本桓公路、小草线一起构成本溪市县、旅游环线，在黄金周游人猛增时起到了明显的分流作用。

随着六项重点交通项目陆续投入使用，本溪东、南、西、北四个城市出口通行条件及路域综合环境得以改善，制约本溪城市拓展及旅游业发展的"瓶颈路""断头路"问题得到彻底解决，本溪与各县区、各景区及周边城市的通道更加顺畅，大交通骨架、旅游环线逐步建成。

近年来，威宁大街地下综合管廊建设完成，新建、维修、改造解放路、滨河北路等城区主次干路 27 条，新建彩屯大桥和新溪湖大桥，拉开城市骨架，畅通城市血脉，城市中断头路被打通，维修改造城市街巷路 280 余条，唐家路延伸与育龙路相交后，近 5，000 户居民不再绕行。路面平坦了，设施完善了，市民出行更顺畅了。

再来看看城市公交，从 2012 年到 2022 年这十年间，本溪公交迎来了快速发展。先后开通了 61 路、62 路、63 路、65 路、67 路、沈本城际巴士、35 路、36 路、37 路、51 路、52 路、53 路、55 路、56 路、环路等公交线路。只要是市内，无论你去哪儿，都有公交车。

这些年，我市公交车辆一步步升级换代，从汽油、柴油到液化天然气 LNG 车，从汽电混合车到纯电动高档空调车等。目前我市投入运行的新能源纯电动公交车共计 300 余台。这两年，坐公交不用投硬币，拿起手机扫码即可，兜里揣硬币的时代拜拜了。

农村的交通也在发生着变化。过去农民进城，上邻村走亲戚，有的坐马车，有的坐拖拉机。现在这两样早都看不到了，村村通硬化路面，客车通车率100%，惠及 38 个乡镇，252 个村，约 52.2 万人。

前些年，我不愿意去沈阳，因为坐车不准左转，有时去一个地方，明明远远地看见了，可是车子转来转去就是过不去。我曾感慨地说，还是本溪好啊，两条腿走几步也把事情办了。

可是这些年来，本溪轿车进家庭，势头很猛，现在一般家庭都有了轿车，停车成了大问题。我几个亲戚的孩子在沈阳，我说，没事你们开车就回本溪玩吧。他们说忙。可是他们到关门山、老边沟、大冰沟玩，完事就回沈阳了。我有些不高兴地说，你们到本溪了，也不到我这里来坐坐。他们说，不是不想来，车没地方停啊。

听了这话，我便理解了。的确，本溪是一座山城，马路窄不说，又多是坡路、弯路，和其他平原城市不可同日而语。过去轿车没有进入家庭的时候，路上以公交车自行车为主，而现在，轿车进家庭，不但没处停，就是上了路，也是堵得无可奈何。

但是，面对这样的现状，政府千方百计去挖潜，想方设法解决停车难问题。比如"工字楼"那块，有大型超市、集市、步行街，有儿童乐园，住宅密集，停车难、行车难问题日益严重。于是住建部门和交警部门齐心协力，采取道路单行、设立划线停车位和立体停车楼等措施，使得这一地区居民不再受堵车困扰。

其实，停车是否方便也影响幸福感，道路一畅通，心情就放松。经过这几年的努力，本溪市已新建、改建停车场 236 处，施划停车泊位 1.6 万个，错时、错峰开放内部停车场 5 家、停车泊位 490 个，公共停车位使用效率也大幅提高，停车难的问题大大缓解[①]。

一位从外地回本溪的老人说，我这离开本溪才几年，好多路都不认识了。现在的本溪真是四通八达了。

① 张海浪《本溪：畅通城市"血脉"提升百姓幸福感》[N]. 辽宁日报 2021–10–28（1）

　马小茗 黄胜冬《绿色交通 引领城市更好发展》[N]. 本溪日报 2021–06–10（1）

3. 爱聚成海

　　记得特蕾莎修女说过这样一句话:"我们都不是伟大的人,但我们可以用伟大的爱来做生活中每一件最平凡的事。"

　　人们生活在一个城市感到幸福,除了有干净的水、清新的空气、放心的食品,还要有一群勇于牺牲、爱他人、讲诚信、乐于奉献的人。这些人就是在平凡生活中,为他人做最平凡事的人。

　　孔子说:"仁者乐山,智者乐水。"这话不但我爱听,本溪人都爱听。什么是"仁者"?"仁者"就是有德行的人。用我们本溪人的话说,就是大山里的人,朴实、善良。我可以举个例子,本溪有一个全国道德模范,叫武秀君,一个普通的农家妇女。20年前,搞工程的丈夫因车祸去世,留给她的是270万元的债务。这个坚强的武秀君,不但一人挑起家庭重担,还四处打工揽活。几年的时间,省吃俭用,还清丈夫全部债务。这事在全国轰动得不得了,可是在本溪,不但她自己认为这事没什么,就是很多本溪人也不认为这是什么壮举,欠钱还钱,天经地义,因为我们本溪人从来都如此。

　　这可不是给自己的本溪添彩,你看,就是这些年,本溪出的全国性先进模范人物就有好几个。有被誉为"人民的好医生"的李秋实,一生奉献,为山里人治病救命,最后倒在工作岗位上;被誉为"新时期爱民模范"的张金垠,为营救被洪水围困的群众壮烈牺牲,他是新中国成立以来军队里面直接为抢救群众而牺牲的职务最高的军官;还有被国务院、中央军委授予"雷锋式消防战士"荣誉称号的金春明，在抢险救灾的生死关头，他总是冲在前面；还有朱哨兵，原桓仁满族自治县公安局华来派出所所长，2020 年抢救人民群众生命财产而壮烈牺牲，2020 年 9 月 8 日，被党中央、国务院、中央军委追授"全国抗击新冠肺炎疫情先进个人"称号，被党中央追授"全国优秀共产党员"称号。

至于省里有名的，市里有名的，老百姓心里有名的，就更多了。其实，那些至今还没名、一生都在恪守自己的人生准则的人，那些爱心团队，那些自愿者，就更不计其数了。

本溪市有一个慈善义工团队叫"溪缘爱心联盟"，它的创办者叫侯书文，1965 年出生，沈阳医学院毕业后回到本溪，分配在本溪市卫生防疫站，现在叫疾病预防控制中心，副主任医师。应该说，这个身材瘦弱的侯书文医生就是一个普通人，但她的身上却时刻在释放着巨大的能量，只要你一接近她，便会被她那生命的活力和爱心的磁场所感染。因为你的爱心之火被她的激情瞬间点燃，让你跃跃欲试，热血沸腾。

2009 年 1 月，侯书文凭借一己之力，发起创建了"本溪市防艾志愿者同盟会"，现叫"本溪市溪缘爱心联盟"，在侯书文的带领下，秉持"奉献、有爱、互助、进步"的理念，致力于防治艾滋病、结核病，禁毒、控烟、扶贫助困、植树养护、普法宣传、低碳环保、扶贫助学、敬老爱老、健康快步走等公益活动。经过十几年的发展，"溪缘爱心联盟"已经由最初的十几人，发展成一个拥有 800 多名义工志愿者的大型公益团队。

"艾滋病"这个名词刚传到本溪的时候，本溪人丝毫没有放在心里，觉得那仿佛是别人家的故事，对本溪来说，也许还是一个遥远的未来，也许压根就是天方夜谭。

但是，尽管本溪是一个相对封闭的城市，尽管艾滋病的概率极小极小，但是作为一个医务工作者，侯书文未雨绸缪，防患于未然，责任重于泰山。

侯书文深知自己的职责：一个防疫工作者，如同战场上的哨兵，必须时刻保持警惕，在敌人还没有到来之时，就要时刻睁大眼睛。

最终，保持高度警惕的侯书文，和艾滋病患者不期而遇。

侯书文心疼他们，多好的青春，就这样毁掉。

侯书文看到，现实中一方面人们对艾滋病知识欠缺，一方面又对艾滋病莫名地恐惧，对艾滋病患者极度歧视与恐慌，如临大敌。甚至有人以为在一个屋待着就能传染，以为握个手就能传染，所以对艾滋病患者唯恐避之而不及，不肯和他们一起吃饭，不肯和他们握手，更不敢和他们拥抱。侯书文感到，宣传艾滋病防治知识，给予艾滋病患者以关爱，已经迫在眉睫。

于是，侯书文以一个医生的良知和一个共产党员的奉献精神，在经过单位主管领导同意后开始了社会大卫生观的探索，组建了志愿者夜校，利用业余时间给来到她身边的青少年和社会闲散但有爱心的人免费培训上课，希望更多的人认识艾滋病、了解艾滋病。在本溪开展防治艾滋病的科学教育和模式探索，她的想法得到单位领导的支持。

侯书文创办了一个志愿者夜校。开始的时候在自己的办公室，但是随着人员越来越多，她便在市电大租了一间教室。再后来，她干脆把自己在繁华地带的房子卖掉，在溪湖区买了一处大一些的房子用来做教室。

而且，侯书文觉得光她个人讲还不够，她还让学生讲，学生讲好了，出去就能宣传好。有一个学员在侯书文这里学到了防艾知识，就利用早班车的机会，在车上讲，讲得头头是道，俨然也是一位防艾专家。

每年5月的第3个星期天是国际艾滋病烛光纪念日，侯书文就组织防艾志愿者，也举办了这样的纪念活动。他们的第一次烛光晚会选址在太子河边上的枫叶广场，可是广场管理者怕出事不给供电。没有办法，侯书文就和志愿者一起，自己装发电机，自己买柴油，自己租车，自己搭舞台。那天，演出现场吸引了一千多观众，演出达两个小时。整个活动花了3,000多元钱，都是侯书文自己掏的腰包。

中国的慈善事业，绝不是一个人的力量能够成就的，必须有一大批有爱心的慈善家，必须有一大批勇于奉献的志愿者。那么，侯书文的身边又是一个怎样的团队呢？

在采访的时候，侯书文一再说："单凭我个人的力量，难以把团队做得这么大。我真的感谢我的那些队友，感谢他们对我的支持。不是我带领了他们，而是他们支持了我，没有他们在我身边，凭我一个人，我能做什么呢？"

这些年，"溪缘爱心联盟"义工团队在禁毒、防艾、普法宣传等方面开展慈善帮扶，在这些活动中，侯书文真切地体会到，人是最可宝贵的，有爱心的人更是最可宝贵的。

侯书文对我说："你看，现在很多人都说侯书文这个人了不起，率领那么大的一个团队，做了那么多的好事。可是，你知道吗？我的那些队友力量更大，就拿防艾宣传来说，因为有了那些学员，有了那些防艾志愿者，他们的宣传呈几何式扩展，这叫一传十，十传百，百传千千万。"

她说，我们在"爱心暖职场·礼包送健康"活动中，团队的志愿者们为每位外来务工人员免费发放健康包，里面装有各种生活用品和健康知识手册，并帮助外来务工人员掌握科学的艾滋病防治知识。想想看，没有大家的热情，凭我一个人，能送多少？

她说，我们到政府广场搞宣传的时候，那些打旗的，背音响的，做展板的，发宣传品的，开车的；演出的时候，说快板的，编节目的，联系地点的，召集队伍的；栽树的时候扛工具的，挖坑的，浇水的；到贫困户家帮助秋收，到残疾人家帮助打扫卫生，到敬老院为老人服务，哪一项人少了能行？

她说，还有很多政府部门、群团组织、企业、街道办事处，还有金凯达、辽宁湘辉律师事务所，以及长建党员车队的义工朋友，等等，还有那些观众朋友的鼎力支持与合作，没有他们，我们就是再努力，能做多少？

侯书文的团队每年有150多次公益活动，这么多年来仅普法宣传演出活动就累计搞了800多场，吸引数十万市民参与其中；她的团队关爱贫困儿童，关注孤寡老人，先后为离异家庭孩子筹集善款十多万元；他们开展"微孝行动"，常年为结对子帮扶的弱势群体和其中两所敬老院的三无老人提供无偿照料爱心服务；她的团队关注绿化环保，带领志愿者栽下9片公益林，总面积达700多亩。

侯书文组建的本溪市健步走队暨戒烟俱乐部、结核宣传志愿者行动队等，每天傍晚在公园成为一道风景，他们365天不间断，坚持带领大家开展健身戒烟运动已达近十年之久，影响带动更多的人走进安全快乐健身戒烟的行列。

"溪缘爱心联盟"义工团队，由来自机关、企事业、学校、各行各业的热爱公益的人组成，现有义工志愿者 800 多人，其中青年人占大多数。他们建立了自己的公益演出团和规范的培训制度，已在彩屯、平山、明山等地区建立了总站下的志愿服务分站，现有溪缘本钢分队、溪缘法律义工志愿者分队、溪缘医务义工志愿者分队、溪缘高新区义工志愿者分队、溪缘青年团、溪缘枫叶之都禁毒志愿者分队、溪缘蒲公英爱心志愿者演出团等多个公益分点。这些都离不开每个有担当的骨干公益明星的共同努力和担当。

现在，"用知识传递爱心，用行动做义工"，用生命感染生命的信念来"践行本溪精神，参与公益活动，促进民生改善，建设和谐本溪"，已成为他们不变的公益宗旨。

一位叫郑晓禹的义工志愿者说："当一名义工志愿者是我一直追求的梦想，成为溪缘爱心联盟中的一员是我今生最大的福分，六年多的时间里，我一直努力践行着志愿者精神。每每看到孩子们那单纯无助的眼神、敬老院里老人们孤独的背影，都深深触动我的心。尽我所能为他们做些事，也是我最开心的时刻。"

一位叫蔡克清的义工志愿者说："我是在平顶山游玩时巧遇侯队长的，他们在山上搞公益宣传活动，我因为看了她表演的做个有德行的人的手语舞而走进溪缘，加入这个有影响力的义工志愿者队伍。从刻意、努力地去做，到习惯成自然地去做。在志愿服务这条路上，我的心灵得到净化，个人也得到莫大的快乐。"

一位叫孙泽祥的义工志愿者说："我是经过同学介绍走进这个志愿者队伍的，我随着大家来到平山区养老服务中心，看到一个穿着义工马甲的 20 岁出头的小女孩为一个老筋巴骨的老人洗脚，深受感动、震撼。刚开始都不知道自己该干什么，看见其他志愿者不用安排，主动做自己能做的事情，我也加入其中。"

一位叫姚军的家庭主妇说："我是带着爱人和孩子一起加入溪缘这个大家庭中来的，到了这里，全家人兴奋之情无以言表。每次踏实的微孝行动、每个褥垫、每双爱心拖鞋的编织更是我这个家庭妇女展示人生价值的机会。我们老少三辈都参与到溪缘举办的各种公益活动中，感恩溪缘爱心公益给予我们家庭的快乐和成长！"

侯书文说，她也曾有过踌躇迷茫的时候，因为慈善对她来说，单凭着一腔热情，很难长期、有效地持续下去。人们常说，万事开头难，其实，坚持下去才是最难最难的。但是没关系，侯书文坚信，人间正道是沧桑，一个利国利民，事关祖国未来的慈善事业，一定会有无限光明的前景。

这些年，侯书文获得了好多好多的荣誉，远的就不说了，仅 2017 年，新年伊始，她的团队就被省委宣传部命名为"辽宁省学雷锋学郭明义活动示范点"，她本人被评为"岗位学雷锋学郭明义标兵"；接着在 4 月，她又被评为第七届辽宁省道德模范。

至于以前获得的荣誉，多得连她自己都记不清了。她也从来不记这些，因为每一个荣誉的获得，都是她率领团队做慈善做义工的一个新的开始。

其实，侯书文的团队，不过是全市众多慈善爱心团队中的一个。还有很多志愿者团队，比如百姓雷锋志愿服务团队、本溪红枫志愿者团队、本溪心理志愿者团队、本溪县心连心志愿者团队、本溪溪水志愿者团队、本溪国学志愿者团队、本溪暖夕阳志愿服务队、本溪枫都志愿服务团队、本溪我在爱在志愿者团队、本溪爱心公益骑士团队、本溪北斗星志愿服务团队、本溪蓝天救援队等等。目前全市已有注册志愿者 20 万人，他们以扶老助残、帮困解难、便民利民等为内容开展活动，现在这些志愿者已覆盖全市的企业、社区、农村、机关、学校。

近年来，市委宣传部、市文明办坚持开展月度"本溪好人"、年度"道德模范"评选活动，坚持举办"本溪好人"年度盛典、"奋斗人生最幸福"本溪好人巡讲活动，坚持开展"本溪好人"关爱行动，创新设立本溪市道德公益金，先后选树了 1，124 位"本溪好人"、73 位"辽宁好人"、10 位"中国好人"，在全社会树起了践行社会主义核心价值观、引领社会道德风尚的新标杆。涌现出替夫还债的武秀君、15 年如一日热心公益的谭久多、20 年间无偿献血 22，600 毫升的王杰，还有都基华、郑毅、马占路、李飞龙、郭丽以及"泡菜哥""快递哥""豆腐女孩""鞋垫爷爷"等[①]。他们以无私奉献和人间大爱，感召着本溪人相亲相爱、向上向善。

有人说，本溪是一座有爱、有温度的城市。那么，我觉得还应该再加一句：本溪还是一座幸福、快乐的城市。

① 张思思《本溪 8 人荣获 2020 年度"辽宁好人·身边好人"荣誉称号》[N]. 本溪日报 2021-02-07（1）

尾声　直挂云帆济沧海

梦想一旦被付诸行动
就会变得神圣

——阿·安·普罗克特

如果你是坐汽车，从高速来到本溪，一出收费口，就可以看到迎面矗立的一个大大的牌子，正面写的是："本是万物之本，溪乃四海之源。"另一面写的是："本，本本分分做人；溪，点点滴滴做事。"

这不是一个普普通通的广告牌，它是本溪形象的化身，它道出了"本溪"两个字的真谛，它说出了本溪人的心声。

是的，路过此地的若是本溪人，便会心生一份责任：只有踏踏实实做事，只有从一点一滴做起，本溪才能一步一个脚印，一步一个台阶。

是的，路过此地的若是外地人，便会心生一份敬重：多广阔的胸怀，多踏实的城市，多本分的本溪人啊！

有了这样的人，什么事情干不成？有了这样的人，什么难关闯不过？有了这样的人，那些投资者心里该有多踏实；有了这样的人，本溪的历史怎能不书写辉煌……

记得十年前的一个夏天，市委宣传部发给我们一份《"本溪精神"表述语征求意见函》，上面列出多方征集的表述语。我身边的许多同志都很关心本溪精神的提炼和评选。那几年，全国很多城市都在搞城市精神评选活动，有的城市甚至搞过多轮。

很快，经过"本溪精神"征集活动办公室的汇总、筛选、融合、提炼、专家论证等环节，得出 10 条备选表述语，然后由市民投票，最终"本是万物之根、溪乃四海之源；本本分分做人、点点滴滴做事"这句表述语脱颖而出。在本溪老百姓的心中，这句话是箴言，是座右铭，砥砺人心。它像一面镜子，时刻映照着你；它像一座警钟，时刻提醒着你；它像一把号角，时刻激励着你。它不仅是精神的提炼，更是城市文化的展示。

本溪的城市精神，打破了传统惯例，不是八个字，也不是十六个字。既是从本溪实际出发，又彰显了城市个性，展现了本溪城市的独特魅力，给城市注入动力和活力。如今，本溪的城市精神表述语，已经成为这座城市亮丽的名片。

城市精神是一座城市的灵魂，是精神的源泉，是前进的动力，是精神的升华，是理想的追求，是形象的塑造。如果一座城市没有精神，就等于没有灵魂，就没有奋勇争先的精神动力。

十年来，许多城市的"城市精神"已经几番修改，但是本溪的城市精神却始终如一。现在，"本为万物之根，溪乃四海之源；本本分分做人，点点滴滴做事"的城市精神，如"润物细无声"的春雨，日渐沉淀和沁润着每个本溪人的心灵，涵养着这座城市的独特品格。它让本溪这座城市更沉稳、更扎实、更美丽、更迷人。

本溪精神不是孤立的，它是有传承的，它像一条红线，将本溪这座城市的过去、现在和未来串联起来。它从本溪这座城市诞生之日起就已经孕育，它是山城人民一辈辈、一代代传承下来的精神财富和火种；它融入了本溪人民的价值观念、思维方式、风俗习惯、道德礼仪等诸多元素。"本溪精神"既是我们区别于其他城市的"魂"之所在，也是展示城市形象、引领城市发展的一面旗帜。

我在采访本钢一铁厂老工人的时候，他们身上所涌现出来的那种精气神，就是本溪精神；

他们在工作中不怕吃苦、不讲条件、不计报酬、爱岗敬业，就是本溪精神。

曾担任本钢一铁厂厂长的李茂章说：

"我走了这么多地方，最大的感受就是，一铁工人的素质是相当高的，他们从不计较个人得失，任劳任怨，哪里艰苦都争着上。这是多年的传统，真正的工人阶级本色。而且他们也很直爽，有意见就当面提，很少在背后搞小动作的。跑官要官的几乎没有，更别说请客送礼了。一铁厂虽然停产了，但建成工业遗址，这很好。不仅让后人看到当年的一铁是什么样的，更重要的是要让后人知道，什么是一铁的精神，一铁的精神其实就是中国工人阶级的精神。我们这些退休的老同志，就是要向后人传递这种精神，这是我们的责任。"

我在采访一铁厂退休的高级工程师朱祖积时，他有一句话让我难以忘怀，他说："人，总要有一点精神。"

他说："一铁职工是很了不起的，他们身上就是有一股劲，有一种精神，他们干活，不用谁来分配，都是自己抢着干，从不讲价钱。为什么会这样？因为在他们看来，这个厂是他们自己的，他们就是这个厂的主人，以厂为家。我们那时候，干活不是为厂长干的，不是为你个人干的，是为国家干、为党干。这种精神必须传下去，不传不行，每个人都为自己考虑，一切都是把钱放在首位，那我们这个国家还能发展吗？现在东北经济落在全国后面，我听到后心里非常难过，我都不敢相信。过去我们满怀理想到辽宁来，就是因为辽宁在全国是响当当的重工业城市，能到辽宁来工作，都让人羡慕。可是现在，辽宁不缺资源，不缺技术人才，但和南方比，距离拉得那么大，真应该好好找找原因。我们一铁过去是红旗炉，全国叫得响，是主人翁，很自豪。我们靠什么，就是靠自强不息、艰苦奋斗。"

老人的话，值得我们深思。

自强不息，艰苦奋斗，本溪这些年，就是这么过来的。尤其这十年来，本溪有如此大的发展、如此大的变化，就是因为本溪人身上有了这种精神，"本本分分做人，点点滴滴做事"，踏踏实实，一步一个脚印，才能在过坎中跨过一个又一个障碍，在爬坡中跃上一个又一个台阶。

2022年春节，市委市政府在给全市人民的慰问信中写道："我们要以生龙活虎、龙腾虎跃的干劲，用好'三类资源'，优化'四个生态'，深入实施'四大战略'，加快建设'五个本溪'，扎实开展'六个年'活动，着力打造更高水平的政治生态，激励党员干部躬身入局、担当作为，攻坚克难、狠抓落实，推动各项工作稳中求进、行稳致远，让本溪老百姓在高质量发展道路上共享高品质生活，更有获得感、幸福感、安全感！"

这封信，让本溪的老百姓心里暖暖的。面对未来，本溪人愈加信心百倍。

这里，我想还是费点笔墨，把那些数字再细说一下：

三类资源：矿产资源、生态资源、红色资源。

四个生态：政治生态、自然生态、社会生态、创新创业生态。

四大战略：生态立市、产业强市、人才兴市、惠民富市。

五个本溪：实力本溪、活力本溪、美丽本溪、平安本溪、幸福本溪。

六个年：项目建设落实年、营商环境提升年、实体经济服务年、招商引资竞赛年、人才兴市推进年、重点改革突破年。

那么，未来的本溪将会是一个什么样子呢？我们还是看看市委市政府为我们擘画的未来五年的宏伟蓝图吧！

实现"七个突破"，建成"三城四区"，达到"八个新"：

实现"七个突破"，即在推动营商环境建设、推动产业结构优化和绿色发展、推动科技创新、推动生态文明建设、推动城乡协调发展、推动市域社会治理、推动重大项目建设七个重点领域取得新突破。

建成"三市四区"，即创建国家生态文明建设示范市、国家全域旅游示范市、首批全国市域社会治理现代化试点合格城市；建设辽宁生物医药产业创新发展示范区、沈阳现代化都市圈高端装备制造及配套产业承载区、辽东绿色经济先行区、数字辽宁践行区。

达到"八个新"，即综合实力跃上新台阶、改革开放迈出新步伐、创新能力得到新提升、城乡协调发展取得新成效、社会文明程度得到新提高、生态文明建设实现新突破、民生福祉达到新水平、治理效能得到新增强。

重点打造九个产业集群：钢铁冶金产业集群、生物医药及健康产业集群、装备制造产业集群、精密铸件产业集群、钢铁原材料产业集群、绿色建材产业集群、绿色食品产业集群、文旅康养产业集群、数字经济产业集群。

初步谋划了投资 500 万元以上重点项目 1，816 个，总投资 6，775 亿元，预计带动就业近 9 万人、产生利税 554 亿元、增加产值 3，899 亿元 [①]。

重点打造中国（辽宁）生物医药产业创新发展示范区、中国（辽宁）资源型城市绿色转型发展示范区、国家（桓仁）现代农业产业科技示范区、国家（本溪）全域旅游示范区。

看到这些远景擘画，看到这些重大项目的实施，我们深信，未来五年的本

[①] 潘祖诚《"2021本溪两会"市十六届人大四次会议隆重开幕》[N]. 本溪日报 2021-01-13（1）

溪会更美丽，老百姓的生活会更美好。这些重大项目，需要大量的资金投入，也需要大量的人才实施，更需要"本本分分做人，点点滴滴做事"的本溪精神的支撑。

……

在本溪，你随处都可以听到这首歌，《本之根 溪之源》。这是由本溪电视台编辑孙世波作词，著名作曲家董兴东作曲，苏红首唱。现在，这首歌深受本溪市老百姓的喜爱：

本是万物之根

姹紫嫣红全靠您的滋润

溪乃四海之源

千山万水都是您的延伸

本本分分做人

风雨来袭站得稳

哦，点点滴滴做事

水滴石穿见精神

把根扎进大地里

我的爱才深沉

把梦融进溪水中

我的情才纯真

本本分分做人

是咱为人的本分

点点滴滴做事

是咱成事的灵魂

本本分分做人

风雨来袭站得稳

哦，点点滴滴做事

水滴石穿见精神

……

一晃，一个十年过去了。我们期待着下一个十年，一个让本溪更美好，让本溪人更幸福、更快乐的十年……

2022 年 6 月 30 日第一稿
2022 年 7 月 23 日第二稿
2022 年 8 月 25 日第三稿